Celine B. Davis

Heike Hoppe

Fragezeichen

AF209030

Seit vielen Jahren arbeiten Heike Hoppe und Celine B. Davis als Autorenduo zusammen. Das vorliegende Buch ist ein schriftstellerisches Gemeinschaftsprojekt.

HEIKE HOPPE schreibt besonders gern über geheimnisvolles Unheimliches,
CELINE B. DAVIS lieber über unheimlich Geheimnisvolles.

Mehr zu den Autorinnen auf
www.autorenduo.wordpress.com

Celine B. Davis   Heike Hoppe

Fragezeichen

Rätselhafte Geschichten
in Worten und Bildern

Mit Zeichnungen von Heike Hoppe

Bibliografische Information der Deutschen Nationalbibliothek: Die Deutsche National-bibliothek verzeichnet diese Publikation in der Deutschen Nationalbibliografie; detaillierte bibliografische Daten sind im Internet über https://dnb.dnb.de abrufbar.

Verlag: BoD · Books on Demand GmbH, Überseering 33, 22297 Hamburg, bod@bod.de
Druck: Libri Plureos GmbH, Friedensallee 273, 22763 Hamburg

ISBN: 978-3-7693-7617-3

INHALT

Isabell sah sich noch einmal um, ehe sie das Haus betrat. Die raue Küstenlandschaft der Hebriden hatte es ihr angetan. Obwohl sie die Großstadt gewöhnt war, machte ihr der ständige Wind nichts aus und sie erwog ernsthaft, ihren Urlaub um ein paar Wochen zu verlängern.

Die feste Bohlentür knarrte, als sie sie gegen den Wind hinter sich zudrückte. Vor dem Kamin an einem langen Tisch saß ihr Wirt, der alte Gilbert, und betrachtete einen knitterigen Zettel, den er jetzt schnell in seiner Jacke verschwinden ließ. Erst danach erwiderte er ihren Gruß. Langsam ging sie näher und fragte vorsichtig: „Kann ich nicht doch einmal mit zum Fischen hinausfahren? Ich werde auch bestimmt nicht stören, nur ganz still sitzen und zusehen."

„Na ja, Miss. Eigentlich bin ich dagegen. Aber weil Sie so gerne wollen…, also gut."

„Wirklich? Danke, Mr. Gilbert. Gleich morgen?"

Gilbert nickte, sagte jedoch: „Morgen fahre ich aber nicht zum Fischen. Der Tribut ist fällig."

„Der Tribut? Was meinen Sie damit?"

Der Fischer lehnte sich bedächtig zurück. Sie hatte den Eindruck, als wüsste er nicht recht, ob er darüber sprechen sollte. Doch dann sagte er: „Alles hier, was Sie für mein Eigentum halten, das Haus, der Grund, das Boot, gehört dem Herrn auf Mullgrave Castle. Ich zahle ihm jährlichen Tribut. Morgen ist der Tag, also fahre ich mit dem Boot hinüber nach Mullgrave."

„Ist das die Insel, die immer im Nebel liegt?"

„Ja, genau."

Isabell war ein bisschen enttäuscht, doch zeigte sie es nicht. Vielleicht ergab sich später noch die Gelegenheit, dem Fischer bei der Arbeit zuzusehen.

Und so antwortete sie: „Ich wäre zwar lieber mit zum Fischen gefahren, aber so ist es auch gut. Ich freue mich schon."

Gilbert brummte sich etwas in seinem Bart, wischte mit der Hand mehrmals über sein Gesicht und nickte schließlich.

„Also abgemacht. Aber schlafen Sie ruhig aus. Wir fahren erst nachmittags los. Es ist ja nicht weit."

Während des Abends versuchte Isabell ein paar Mal, das Gespräch auf die Bootsfahrt zu lenken, doch ging der Fischer nicht darauf ein. Er sprach überhaupt nur noch das Nötigste und schickte sie später sogar zu Bett.

Lange lag sie wach und grübelte über Gilberts Verhalten. Ärgerte er sich, dass sie mit ihm fahren würde? Nein, das hätte er ja verhindern können. Sicher war ihm der Tribut zu hoch; der Fischer war kein reicher Mann, hatte gerade genug für sich und seine Familie. Was er wohl zu bezahlen hatte? Endlich schlief sie doch ein.

Das kleine Boot kämpfte gegen die Wellen an. Isabell genoss die Fahrt sehr. Der Wind zauste ihre Haare, und wollte sie etwas sagen, musste sie schreien, um gehört zu werden. Kurz nach Sonnenuntergang legte der Fischer an einem kleinen Bootssteg der Insel Mullgrave an. Man sah deutlich, dass dieser Steg nicht oft benutzt wurde. Etwas wackelig auf den Beinen stieg Isabell an Land.

„Sie können sich ruhig umsehen", rief Gilbert ihr nach und begann mit dem Ausladen. „Ich brauche einige Zeit."

Viele Pakete schienen es ihr nicht zu sein, aber sicher musste er auch mit dem Herrn von Mullgrave Castle abrechnen.

„Wie hoch ist denn der Tribut?", wollte sie wissen. „Und was ist in all den Paketen?"

„Na, Miss, darin ist doch der Tribut. Ich zahle in Naturalien: Lebensmittel, Kleidung und … und anderes."

Sie sah wohl sehr erstaunt aus, denn der Fischer schnaufte kurz und fuhr dann fort: „Ich habe jetzt nicht die Zeit, Ihnen das alles zu erklären. Aber ich bin sicher, Sie werden es bald verstehen. Gehen Sie etwas spazieren. Mullgrave Castle bietet einen herrlichen Anblick. Sie dürfen das nicht versäumen, wo Sie schon mal hier sind."

Damit wandte er sich seiner Arbeit zu und beachtete sie nicht weiter. So folgte sie seinem Rat und machte sich auf den Weg. „Nur gut, dass hier kein Nebel herrscht", dachte sie und stieg einen kleinen felsigen Hügel empor bis zum Kamm.

Ja, da lag Mullgrave Castle in der Dämmerung vor ihr.

Isabell ließ den Anblick des mächtigen Bauwerks auf sich wirken. Dabei fiel ihr auf, dass sie von ihrem Standpunkt aus die ganze Insel übersehen konnte, außer dem Teil, der direkt hinter Mullgrave Castle lag. Die Burg war auf einem natürlichen Hügel beinahe in der Mitte der Insel erbaut, sicher schon vor hunderten von Jahren. Die Talmulde umlief gänzlich die Burg und stieg zum Meer hin sanft aber stetig wieder an. Fast kreisrund war die Insel, und Isabell vermutete, dass man von überall das Herrenhaus sehen könne.

Sie schaute zurück zum Steg. Gilbert stapelte Pakete in einen kleinen Lastenaufzug und zog ihn zum Kamm des Hügels hoch. Es war also noch Zeit. Langsam ging sie auf die Burg zu, überquerte eine wildwachsende Heidefläche. Rechts von ihr standen verkrüppelte Weiden, krumm gebogen und wild; kein Weg war zu sehen.

Immer weiter ging sie. Sie erwartete, jemanden kommen zu sehen, der mit Gilbert sprechen würde, doch die Zeit verging, ohne dass etwas geschah. Schließlich sah sie auf ihre Uhr. Die schien stehengeblieben zu sein. Sie zeigte noch immer die Zeit ihrer Ankunft. Ärgerlich klopfte sie auf das Glas, entschloss sich aber dann, zurückzugehen.

Der Weg war schnell gemacht, doch als sie am Strand ankam, war das Boot fort. Erschrocken lief sie ein Stück auf und ab, rief, aber niemand hörte sie. Der Fischer war ohne sie abgefahren, ein Irrtum nicht möglich. Isabell war fassungslos. Hatte ihr Spaziergang Gilbert zu lange gedauert?

„Na, der kann was erleben, wenn ich zurück bin."

Jemand von der Burg würde sie hinüberfahren, dessen war sie sicher. Also machte sie sich wieder auf den Weg dorthin. Die Gegend schien ihr jetzt recht vertraut, und trotz der schnell hereinbrechenden Dunkelheit verlor sie nicht die Richtung. Doch die Insel wirkte kleiner, als sie in Wirklichkeit war. Lange Zeit später erst stand sie vor dem großen Holztor. Sie klopfte, doch niemand öffnete.

„Ob sie schon schlafen?", überlegte Isabell. Es schien ihr unwahrscheinlich, doch wie spät es war, wusste sie ja nicht.

Da Klopfen und Rufen nicht half und das Tor fest verschlossen war, sah sie sich außerhalb der Burg etwas genauer um. Als dunklen Schatten erkannte sie schließlich einen baufälligen Schuppen. Sollte sie wirklich hier übernachten müssen? Im Moment war das wohl die einzige Möglichkeit; morgen würde sie weitersehen.

Die Nacht war ziemlich kalt, doch fand sie im Schuppen, sehr zu ihrem Erstaunen, Stroh und mehrere Decken.

Zuerst glaubte sie, nicht einschlafen zu können. Ihre Wut auf Gilbert und über diese unmögliche Situation hielt sie wach. Was würden die Bewohner der Insel sagen, wenn sie morgen einfach so in die Burg kam? Doch langsam beruhigte sie sich. Schließlich trug sie keine Schuld.

Sie erwachte erst wieder, als sie ange- sprochen wurde. Erschrocken fuhr sie hoch. Vor ihr stand ein junger Mann. Er grüßte freundlich. Interesse stand in seinem Gesicht, obwohl er seltsam distan- ziert wirkte.

Sie antwortete möglichst unbefangen: „Guten Morgen. Ich brauche Ihre Hilfe." Da er sich nicht rührte, fuhr sie fort: „Ich habe gestern Abend geklopft, aber Sie schliefen wohl schon."

Jetzt nickte er.

„Kommen Sie", seine Handbewegung unterstrich seine Einladung, „Sie haben sicher Hunger."

Sie folgte ihm zuerst zögernd, doch dann wich ihre Vorsicht einer seltsamen Ver- trautheit. Sie kannte ihn doch gar nicht, er war so reserviert; dennoch, dieser Blick, sie fühlte sich eigenartig.

Der junge Mann stellte sich als Robert Corvary, Herr von Mullgrave Castle, vor.

Dann ließ er frische Kleidung und ein Frühstück herrichten. Isabell fühlte sich beobachtet. Neben offenem Interesse spürte sie unermüdlichen Eifer und einen starken Willen. Doch er schien ihre Anwesenheit auf Mullgrave Castle für ganz natürlich zu halten. Mit keinem Wort erwähnte er ihre Rückfahrt.

Also sprach sie ihn darauf an.

„Sir Robert, ich danke Ihnen für Ihre Gastfreundschaft, aber ich möchte bald zurück nach Mull."

Zuerst schien er protestieren zu wollen, doch dann atmete er tief und sein Blick wurde klar und offen.

„Wenn Sie das wünschen, werde ich dafür sorgen, doch nicht sofort." Und schnell fuhr er fort: „Nein, bitte verstehen Sie mich nicht falsch. Ich kann im Augenblick niemanden schicken. Wir haben einen Todesfall."

Isabell erschrak. Sir Robert ergriff leicht ihre Hand.

„Erschrecken Sie nicht. Ich möchte Sie um etwas bitten. Meine einzige Angehörige ist gestern verstorben, die Beisetzung ist heute Nachmittag." Sein Blick hielt den ihren fest. „Bitte bleiben Sie noch, wenigstens bis nach der Trauerfeier. Der Gedanke, mit den Dienstboten allein zu sein, ist mir unerträglich. Außerdem ... doch davon später."

„Wenn es Ihnen hilft", murmelte sie leicht verwirrt. Sie hatte plötzlich den Drang, für einen völlig Fremden etwas tun zu wollen.

Am Nachmittag führte Sir Robert sie in den Raum, wo die Tote aufgebahrt lag.

„Eine würdige alte Dame, eine schöne Greisin", dachte Isabell erschüttert.

„Altersschwäche", flüsterte er.

Zwei Dienstboten schlossen den Sarg, und das kleine Gefolge setzte sich in Bewegung. Hinter der Burg gab es einen eigenen Friedhof. Gut ein Dutzend Gräber wurden von einem baufälligen Zaun umschlossen. Sir Robert hielt eine kurze Rede. Man sang eine Art Choral, den Isabell jedoch nicht kannte. Dann war die Zeremonie beendet. Als sie den Friedhof verließen, nahm Sir Robert wie selbstverständlich ihren Arm, und sie fand nichts

Ungewöhnliches dabei.

Am nächsten Tag wurden ihre Sachen vom Festland gebracht. Sir Robert hatte ihr eine Stellung angeboten. Isabell hatte ihren Aufenthalt auf den Hebriden vorher schon verlängern wollen. Warum also nicht eine Weile auf Mullgrave bleiben. Sie sollte Sir Robert bei seinen Studien helfen. „Nur solange Sie wollen", hatte er gesagt. „Doch Sie wären mir eine große Hilfe."

Auf Isabell wartete niemand, nirgendwo. Ihr Studium war beendet, die gemeinsame Wohnung mit ihrem Freund hatte sie verlassen, sich von ihm getrennt, wollte erst mal weg von allem. Und hier schien ihr eine gute Möglichkeit, Abstand zu gewinnen um dann neu anzufangen.

Für Isabell begann damit eine interessante Zeit. Sir Robert schien die Auswahl der Wissensgebiete gleichgültig zu sein. Ihn interessierte alles. In vielen Dingen hatte er völlig veraltete Informationen. „Wie vor hundert Jahren", dachte sie manchmal etwas respektlos. Doch er war begierig zu lernen und jeder Neuerung zugänglich. Und er lernte in kürzester Zeit. „Er muss ein Genie sein", dachte sie oft.

Isabell verspürte keinen Drang, abzureisen. Einzig seltsam war seine Angst vor dem Wasser.

„Sie dürfen niemals hinuntergehen", hatte er ihr gleich am ersten Abend erklärt. Auf ihre erstaunte Frage wurden seine Augen noch eine Spur dunkler. Dann deutete er in Richtung des alten Friedhofs. „Ich habe viele Menschen so verloren. Bitte versprechen Sie es."

Der Ton seiner Worte ... Isabell fühlte sich unbehaglich. Seine Angst schien ihr maßlos übertrieben, doch um ihn zu beruhigen nickte sie.

„Gut. Was soll ich schon da unten. Sehen kann ich das Meer auch vom Hügelkamm aus."

Sir Robert und sie führten stunden-, ja tagelange Gespräche, füllten Heft um Heft mit Notizen. Isabell konnte ihm gar nicht genug erzählen. Regelmäßig über die Mittagsstunden schloss er sich dann in seiner Bibliothek ein. Vermutlich versuchte er dort, die ganze Fülle an Wissen zu verarbeiten. Und er wurde merklich ruhiger, als er erkannte, dass das Meer sie nicht weiter interessierte.

Dafür bemerkte sie an verschiedenen Dingen, die sie in der Burg fand, dass nun nicht mehr, wie der alte Gilbert ihr erzählt hatte, einmal im Jahr, sondern jede Nacht das Boot kommen und Lebensmittel und anderes bringen musste.

Der alte Fischer tat ihr leid. Gern hätte sie ihn einmal gesprochen, doch ergab sich keine Gelegenheit, weil Sir Robert peinlich darauf achtete, dass sie sich spätestens zur Dämmerung in der Burg einfand. Das Boot sah sie nie.

Mehrere Wochen vergingen. Isabell kam es inzwischen so vor, als hätte sie ihre ganze Schul- und Studienzeit wiederholt. Langsam erwachte in ihr der Wunsch, einmal wie früher durch belebte Straßen und Geschäfte zu wandern, ein Café zu besuchen oder überhaupt unter Menschen zu kommen. Als sie das erwähnte, zuckte er zurück wie vor einem Schlag. Dabei war es ihr noch gar nicht so ernst mit einer Abreise. Immerhin war es wirklich eine interessante, spannende Tätigkeit, noch dazu an einem so malerischen Ort. Und so sprach sie erst einmal nicht mehr davon.

Doch langsam begannen die Gespräche sie zu langweilen. Sir Robert grub sich immer tiefer in einzelne Probleme ein. Er wollte alles genau erklärt haben, begriff schnell und zog erstaunliche Schlüsse. Isabell hatte das Gefühl, ihm nichts Neues mehr sagen zu können.

Deshalb bat sie schließlich: „Ich bin nun lange genug hier gewesen. Bitte bringen Sie mich zurück nach Mull."

Sir Robert sah vor sich hin und schwieg. Dann hob er den Kopf und sah sie an. „Wie lange sind Sie hier?"

„Zwei Monate werden es sein. Ich muss wirklich gehen."

„Aber wer soll mir bei meiner Arbeit helfen?"

„Ich denke, Sie werden jemanden finden, der besser geeignet ist. Ich kann

Ihnen nicht mehr weiterhelfen."

„Aber Sie wissen viel."

„Ich glaube, ich habe Ihnen schon alles erzählt, was ich weiß. Alles Weitere wäre Spekulation. Auswerten können Sie auch allein. Und bestimmt besser als ich."

Sir Robert schwieg. Dann nickte er.

„Zwei Monate sind lange genug, denke ich. Doch bis ich jemand anderen finde, bleiben Sie noch."

Das klang so bestimmt, dass Isabell für den Augenblick schwieg. Und dann stand Sir Robert auf und verließ das Zimmer.

In dem Moment dachte sie: „Er hält mich gefangen. Das ganze Gerede von Studien ist nur Nebensache."

Zwar konnte sie sich nicht vorstellen, warum; er hatte sich ihr nie genähert, sie immer höflich und zuvorkommend behandelt, aber warum wollte er sie dann nicht abreisen lassen?

An diesem Abend schlich sie zum äußeren Holztor. Es war verschlossen. Dass Sir Robert sie dabei beobachtete, merkte sie nicht. Dafür fiel ihr jetzt sein oftmals lauernder Blick auf, wenn er sich unbemerkt glaubte. Sie war sich ganz sicher, dass er sie festhalten würde, sollte sie auf ihrer Abreise bestehen. Also musste es anders gehen. Schließlich kam der alte Gilbert jeden Abend mit dem Boot.

Am nächsten Tag wanderte sie spät nachmittags zum Hügel über der Anlegestelle, und als Sir Robert sie gegen seine Gewohnheit früher zum Abendessen abholen wollte, fand er nur einen Zettel in ihrem Zimmer.

‚Ich fahre mit Gilbert hinüber nach Mull. Bitte versuchen Sie nicht, mich aufzuhalten. Nochmals vielen Dank für alles. Isabell Duncan.‘

Ein Lächeln umspielte Sir Roberts Lippen. Er ging ans Fenster. Draußen wurde es langsam dunkel. Er ließ seinen Blick wandern, vorbei an den verkrüppelten Weiden, über die wild wachsende Heidefläche, den Hügelrand hinauf. Dort zeichnete sich schwach eine Gestalt ab, erreichte den Hügelkamm, verharrte einen Moment und verschwand im letzten Dämmerschein. Isabell war zum Wasser hinabgestiegen, aus dem Sichtbereich von Mullgrave Castle verschwunden.

Sir Robert nickte. Seine dunklen Augen funkelten. Dann drehte er sich um und verließ den Raum.

Isabell hatte noch einen Augenblick überlegend auf dem Kamm des Hügels gestanden und den windschiefen Holzkasten, in den Sir Robert manchmal Nachrichten für Gilbert legte, betrachtet. Seit über zwei Monaten stellte dieser Kasten ihre einzige Verbindung zur Außenwelt dar. Nicht auszuhalten. Aber damit war jetzt Schluss. Sie ließ sich hier nicht festhalten.

Bei dem Gedanken schaute sie zurück. Sollte sie es wirklich tun? Sie war ganz sicher, dass Gilbert in den vergangenen Wochen jeden Abend gekommen war. Warum also sollte er ausgerechnet heute ausbleiben? Und dann war sie frei.

Entschlossen stieg sie den Hügel hinab. Der kurze Weg fiel ihr anfangs ganz leicht, doch fühlte sie mit der Zeit eine gewisse Unsicherheit in ihren Schritten, die sie bisher nicht gekannt hatte. Mit Mühe erreichte sie den Anlegeplatz und setzte sich dort völlig erschöpft auf eine Holzplanke. Ihr Herz klopfte wild, als wäre sie furchtbar gelaufen, und sie musste sich erst einmal beruhigen.

Eine Weile beobachtete sie das Meer, das Spiel der Wellen und den Horizont. Es war jetzt schon fast ganz dunkel, und noch immer war kein Boot in Sicht. Das Wetter wurde zusehends nebliger, und schließlich war sie sicher, dass bei dem herrschenden Dunst ganz gewiss kein Boot die Insel anlaufen würde. Auch um sie herum war es diesig, eigentlich das erste Mal, seit sie auf der Insel war. Alle Konturen verschwammen, und sie musste sich sehr anstrengen, um etwas zu erkennen.

„Ich gehe doch besser zurück", dachte sie und war froh, den Abschiedsbrief höflich abgefasst zu haben. Sie stand auf. Besser gesagt, sie versuchte es, denn ihre Glieder waren ganz ungewohnt steif. Beim zweiten Versuch klappte es schon besser, aber auch dann konnte sie sich nur sehr schwer bewegen. Mühsam setzte sie ein Bein vor das andere, ständig bemüht um ihr Gleichgewicht. Nichts war mehr übrig von ihrem beschwingten Lauf am Nachmittag. Wie tastend wankte sie vorwärts, der unebene Boden machte ihr schwer zu schaffen. Sie schaute den sanften kleinen Hügel empor. Er schien ihr ein furchtbares Hindernis zu sein, doch einen anderen Weg gab es nicht. Also begann sie zu klettern. Vor lauter Anstrengung ging sie ganz krumm, ja, es war ihr, als könne sie sich gar nicht mehr aufrichten. Es schien ihr unendlich lange zu dauern, bis sie oben ankam. Ihr Herz klopfte wild und sie hielt erschöpft inne.

Es war inzwischen ganz dunkel, und eine unbestimmte Angst erfasste sie. Was war los mit ihr? Warum konnte sie sich so schlecht bewegen? Warum bekam sie so schwer Luft? Was tat sie überhaupt hier? Es fiel ihr nicht sogleich ein, und diese Tatsache erschreckte sie noch mehr. Unsicher jeden Schritt ertastend machte sie sich auf den zum Glück gewohnten Weg.

Die Strecke, die sie sonst in einer guten Stunde zurücklegte, dauerte in dieser Nacht wohl viermal so lange. Verbissen schleppte sie sich weiter.

„Nur nicht draußen liegen bleiben", summte es in ihrem Kopf.

Erst lange nach Mitternacht erreichte sie das Burgtor, doch öffnete niemand auf ihr schwaches Klopfen. So fand sie abermals Unterschlupf in dem alten Holzschuppen; nur lagen diesmal keine Decken bereit. Sie fror sehr.

Am nächsten Morgen erwachte sie, als jemand sie an der Schulter rüttelte. Es war Sir Robert, und er starrte sie unbewegt an. Das allerdings konnte sie nicht erkennen, denn noch immer verschwamm alles vor ihren Augen. Ihr Versuch, aufzustehen, misslang völlig, und Sir Robert hob sie einfach auf und trug sie.

In ihrem Zimmer angekommen legte er

sie auf ihr Bett und ging schweigend hinaus. Sie musste eingeschlafen sein, denn als sie erwachte, saß Sir Robert neben ihrem Bett. Als erstes erkannte sie seine Augen. Sein Gesicht sah sie nur undeutlich.

„Sir Robert", flüsterte sie, „was ist nur los mit mir?"

„Sie sind an den Strand gegangen, Isabell. Sie ..."

„Ich verstehe Sie nicht, Sir Robert. Bitte sprechen Sie lauter."

Es war ihr nicht bewusst, dass er schon laut sprach. Mit erhobener Stimme wiederholte er seine Worte.

„Aber warum?", entgegnete sie. „Ich habe dort nichts getan, war ganz allein."

Er nickte. „Hier auf der Insel vergeht die Zeit anders als am Festland. Ein Tag hier ist ein Jahr drüben. Solange Sie in Sichtweite von Mullgrave Castle bleiben, altern Sie jedes Jahr nur einen Tag, leben aber auch nur in dieser Zeit. Verlassen Sie den Bannkreis des Schlosses aber, gehen Sie also ans Wasser hinunter, dann..."

„Aber so etwas gibt es nicht", krächzte

Isabell.

„Glauben Sie?" Unbeweglich saß er neben ihrem Bett, beobachtete jede ihrer Regungen.

„Man holt die Zeit ein?", fragte sie noch immer ungläubig.

Sir Robert rührte sich nicht, wartete ab.

„Ich bin eine alte Frau?", wisperte sie. „Sie meinen, ich wäre … wie lange bin ich hier?"

„Gute zwei Monate, Isabell."

„Dann wäre ich … dann bin ich über neunzig Jahre, meinen Sie? Am Strand gealtert?"

Sie glaubte, sein Nicken zu erkennen. Mit einer unsicheren Bewegung griff sie sich ans Herz.

„Es sticht, es reißt und zerrt in mir. Ich glaube …"

„Ja", nickte er. „Der Weg zurück war zu viel für Sie, er ist immer zu viel. Manche schaffen es nicht einmal bis hierher."

„Manche? Wieso?"

„Es kommt darauf an, wie lange sie hier sind. Manche sterben unterwegs."

„Und dann? Wie meinen Sie das?"

„Sie haben doch den Friedhof gesehen. Fast alle Gräber sind von Frauen, von alten Frauen. Erinnern Sie sich noch an die Beerdigung, als sie kamen?"

„Die alte Dame?"

„Meine Gehilfin vor Ihnen. Ja. Und morgen bringt mir der Fischer, oder inzwischen sein Sohn oder Enkel, eine neue. Er hat ja ein ganzes Jahr Zeit, eine auszusuchen. Nur so kann ich lernen, was die Welt zu bieten hat. Und es gehört zu seinem Tribut, mich mit allem Notwendigen zu versorgen. Den Zettel dafür habe ich vorhin in den Kasten gelegt.

Ihre Augen starrten ihn schreckgeweitet an, aber ungerührt fuhr er fort: „Das muss Sie nicht so erschrecken. Denken Sie sich in meine Lage. Sie können mir nichts mehr nützen. Sie sagten ja selbst, Sie wüssten nichts Neues mehr."

„Aber vielleicht doch", warf Isabell schwach ein.

Er schüttelte den Kopf. „In Ihrem Zustand bringt man zu leicht zu viel durcheinander. Wie kann ich meine Studien jetzt noch auf Ihre Aussagen stützen?"

„Aber ... aber ..."

Isabell hatte vergessen, was sie sagen wollte.

„Machen Sie sich keine Sorgen", fuhr er jetzt fort. „Sie bekommen ein würdiges Begräbnis, das wissen Sie doch noch. Die Decken für Ihre Nachfolgerin liegen schon im Schuppen bereit. Morgen früh werde ich sie dort abholen. Adieu."

„Aber ich lebe", rief sie. Aus ihrem Mund kam ein heiseres Krächzen. „Ich habe den Rückweg geschafft."

„Das ist richtig." Sir Robert nickte bedächtig.

„Ich werde reden."

„Auch das stimmt. Noch."

Beinahe zärtlich nahm er ein reich besticktes Seidenkissen und bedeckte damit ihr Gesicht.

„Adieu", flüsterte er nochmals. „Adieu."

DAS WUNDER

K ewá zupfte Carlos Araujo am Ärmel.

„Ich gehe, *Senhor*!"

Ärgerlich blickte der Vorarbeiter auf den zerlumpten kleinen Tupí-Indio herab. „Du?"

Der nickte eifrig. Carlos zuckte die Achseln; sie hatten mehr als genug Zeit mit dieser blöden Mauer vertan. Man stelle sich vor – eine Mauer, hier, am oberen Lauf des Xingu! Wald, Wald, soweit das Auge reicht, nichts als dampfender, tropfender, mückenverseuchter Regenwald – und mittendrin plötzlich die Mauer: eine mannshohe, gekalkte Ziegelmauer, etwa zweihundert Meter lang und an beiden Enden rechtwinkelig abknickend.

Überwuchert natürlich, aber da.

Wenn es nach ihm ginge ... Doch inzwischen machten Archäologen längst auch Brasilien unsicher; falls diese Mauer zu irgendeinem alten Götzentempel gehörte, und er bretterte einfach darüber weg ...

Deshalb hatte er seine Männer zum

Nachschauen schicken wollen. Doch die hatten sich geweigert.

„Nicht ohne meinen Bulldozer!" Miguel hatte sich beredt an die Stirn getippt. „Das ist Sekundärdschungel, Mann: Zwanzig Schritt, und du weißt nicht mehr, wo's zurückgeht!"

Joao hatte zustimmend genickt. „Und dann die Schlangen ...!"

„Aber wenn da ein Tempel ist oder etwas in der Art ..."

Sie waren stur geblieben; sie waren nicht scharf auf einen Tempel. Er ja auch nicht, weiß Gott, aber ...

Und dann hatte sich der kleine Indio eingemischt.

„Von mir aus." Carlos angelte eines der Buschmesser aus dem Jeep hinter ihm und reichte es dem Jungen. „Na los! Aber sieh zu, dass du bald zurück bist!"

„Ja, *Senhor*!"

Wieselflink kletterte Kewá über die Mauer. Anfangs brauchte er die Machete nicht. Geschickt schlängelte er sich durch das dichte, buschige Unterholz zwischen den Balsabäumen, vorbei an ausladenden

Farnwedeln und spitzblättrigen Yuccas, über die Brettwurzeln uralter Baumriesen hinweg, von deren Träufelspitzen es kühl auf seinen mageren Körper tropfte. Er kannte den Wald, liebte seinen Geruch, die von unzähligen Tierstimmen durchwobene Stille, das stete Tropfen, Rieseln und Glucksen, die verschwenderische Vielfalt des Lebens rings um ihn. Hier im Wald war er geboren und aufgewachsen, hatte gelernt, sich mühelos in ihm zu bewegen und an jedem neuen Tag neue Wunder darin zu entdecken.

Aber bald wurde das Gestrüpp auch für ihn zu dicht. Immer häufiger ritzten Dornen seine Haut. Sein Herz klopfte aufgeregt: Die dornigen Ranken der Rubuslianen waren immer die ersten, die ein gerodetes Stück Land dem Dschungel zurückeroberten. Sie überwucherten *alles*. Im Primärwald wurden sie vom Blätterdach der riesigen Bäume in Schach gehalten, durch das nur wenig Sonnenlicht drang. Aber wenn sie so ungehemmt, so hoch aufrankten wie hier, lag bestimmt etwas unter ihnen begraben.

Eifrig hackte Kewá einen Durchlass in den stacheligen Wall. Blätter, Triebe und die Blüten verschiedener Orchideenarten, die ihrerseits an den Lianen Halt fanden, fielen seiner Machete zum Opfer. Vielleicht hatte Carlos recht – vielleicht gab es hier einen Tempel. Zwar wusste Kewá nicht, was das war; aber der schnurrbärtige Frédo hatte gesagt: „Wenn es hier einen gibt, dann können wir einpacken!"

Das, dachte Kewá, konnte nur bedeuten, dass die Männer samt ihren dröhnenden Maschinen von hier weggehen mussten, falls er einen Tempel fand – und das wünschte er sich mehr als alles andere.

Doch Kewá fand keinen Tempel. Er fand ein Haus.

Grauweiße Flecken im Grün der Ranken und Blätter ließen ihn zuerst befürchten, er habe nur den rückwärtigen Teil jener Mauer erreicht; doch dann sah er links von sich einen eckigen, dunklen Schatten und

kämpfte sich verbissen voran. Schweißbe-
deckt, vor Anstrengung zitternd stand er
schließlich vor einer hohen, blauen Tür,
deren Lack sich zu winzigen Röllchen
zusammengezogen hatte.

Zaghaft drückte er dagegen.

Miguel zündete sich eben eine dritte
Zigarette an, als der Junge zurückkam.

„Ein Mädchen – da ist ein Mädchen!"

„Sieh mal an, der Kleine auch schon!",
rief Frédo, und die Holzfäller lachten
brüllend. Ohne sie zu beachten, stürzte
Kewá in heller Aufregung zu Carlos.

„Sie schläft!", schrie er. „Schläft in Haus
– da hinten! *Gelbe Haare!*"

Der Vorarbeiter packte ihn hart am
Genick und schüttelte ihn.

„Red' keinen Unsinn!", herrschte er den
Jungen an. „Gelbe Haare – eine Weiße? Wo
soll die denn herkommen?"

Misstrauisch starrte er in die Richtung,
in die Kewá deutete. Konnte es sein, dass

er versehentlich in die Nähe einer Plantage geraten war?

Kewá zappelte wild.

„Ja, ja – Mädchen! In Haus!", beteuerte er. Carlos gab ihm einen Stoß, dass er zu Boden fiel.

„Also gut. Joao, Miguel, ihr geht mit ihm. Aber wehe, wenn das nur einer eurer verdammten Waldgeister ist!"

Er machte eine drohende Geste, doch Kewá zeigte keine Furcht, sondern rappelte sich auf und stürmte los, noch ehe Miguel seine Zigarette ausgetreten hatte. Als die Gesichter der beiden Männer über dem bröckeligen Mauerwerk auftauchten, war Kewá schon dabei, einen Pfad ins Strauchwerk zu schlagen: Die Weißen brauchten *überall* Pfade.

„*Meu deus*!" staunte Joao, als die drei endlich über die morschen Trümmer der Eingangstür hinweg ins Haus traten. Kühle, modrige Luft empfing sie. Im Halbdunkel erkannte Miguel, dass sie sich in einer Art Halle befanden, deren Boden mit glasierten Kacheln gefliest war. Schwarze Rechtecke deuteten Türen an; dazwischen hing ein schimmerndes Oval.

Kewá ließ ihnen keine Zeit, sich umzusehen, sondern führte sie über eine geschwungene Steintreppe zu einem Zimmer im Obergeschoss.

Der Raum war in sanftes Zwielicht getaucht, das durch die bunten, bleigefassten Butzenscheiben zweier Fenster einfiel; ein drittes hatten die Rubuslianen eingedrückt. Übersät mit blühenden Orchideen wucherten sie nun am Boden wie ein stacheliger, bunter, betäubend duftender Teppich, krochen an den Wänden empor und rankten sich um die Pfosten eines Himmelbetts aus schwarzfleckigem Messing, zwischen denen Reste eines rosa Brokatbaldachins hingen.

Darunter, auf verblichenen Kissen, lag ein blondes, junges Mädchen und schlief.

„Seht ihr – Mädchen!", triumphierte Kewá.

Die Männer blieben wie angewurzelt

stehen und starrten zum Bett. Erst der durchdringende Schrei eines Aras schreckte sie aus ihrer Erstarrung. Vorsichtig stieg Miguel durch die Dornenranken und beugte sich über die Schläferin.

Sie lag seitlich, die Lippen leicht geöffnet, eine Hand unter die rosige Wange geschoben. Lichtreflexe spielten in seidigem Haar; ihre Brust hob und senkte sich ruhig. Kein Zweifel: Sie lebte!

Miguel räusperte sich.

„He!", sagte er; und dann, lauter: „He – *menina!"*

Sie regte sich nicht. Zögernd streckte er eine Hand nach ihrer Schulter aus, rüttelte sie leicht. Eine Naht ihres fadenscheinigen Leinenhemdes platzte auf; wie gebissen zuckte er zurück. Das Mädchen seufzte im Schlaf. Er hob den Kopf.

„Lauf", befahl er Kewá, „hol' Carlos her!"

Vier Stunden später kletterte der herbeigerufene Arzt kopfschüttelnd in seinen Jeep und riet dem fetten Polizisten des Camps, sofort die *polícia federal* zu verständigen.

Diese rückte am nächsten Morgen drei Mann hoch an, verhörte streng Polizist und Crew und trat ins Haus. Kewá wurde nicht befragt.

Zwanzig Minuten später ging einer der Polizisten zu den Holzfällern, die abwartend an ihren Bulldozern lehnten, und forderte sie auf, rund um das Gebäude zu roden.

„Wie denn? Ich kann doch meine Maschinen nicht über die Mauer heben!", sagte Carlos.

„Na, dann fahr' sie doch um, Mann!", rief der Beamte gereizt und sprach dann lange ins Funktelefon des Wagens. Zwischendurch drohte er Carlos drei Tage Haft an, falls dieser nicht aufhöre, so laut zu fluchen; er könne den *commissario* kaum verstehen.

Gegen Mittag sahen die wenigen Indios, die im Camp geblieben waren, einen Polizeihubschrauber landen, der einen Arzt und den *commissario* ausspuckte und dann wieder abhob. Beide wurden zum Holzschlag gefahren, wo nun die Kettensägen von Carlos' Männern kreischten.

Der Arzt eilte ins Haus; der *commissario* nahm auf einem Baumstumpf Platz, ließ Kewá rufen, stellte ihm eine Menge barscher Fragen und gab ihm ein paar saftige Ohrfeigen. Als auch die nichts Neues zutage förderten, schubste er den heulenden Zehnjährigen zur Seite und begab sich zum Haus. Kewá verkroch sich schniefend unter einen Busch, ließ aber das Loch im Rankengewirr nicht aus den Augen.

Minuten später schoss einer der Beamten heraus und lief zu den Jeeps. Nach einer Weile erschienen auch der *commissario* und der Arzt wieder.

„Ich bin strikt dagegen", hörte Kewá den *médico* sagen. „Wer weiß, was die Ursache diese Phänomens ist – ich jedenfalls lehne jede Verantwortung ab, wenn Sie sie wegbringen lassen! Sie sollten lieber ..."

Der Rest des Gesprächs ging im Lärm der Maschinen unter.

Am späten Nachmittag kam ein

bebrillter Weißer mit einem Koffer voll seltsamer Instrumente. Auch er stellte Kewá viele Fragen und ließ sich genau zeigen, wo dieser seine Machete benutzt hatte. Kewá hielt ihn für dumm, weil doch jeder den von ihm gehackten Weg deutlich sehen konnte; aber der Mann war freundlich und schlug ihn nicht. Er untersuchte die Lianen und schärfte den Männern ein, sie beim Roden nicht zu verletzen.

„Sonst kann es passieren, dass das ganze Haus einstürzt!"

Es dunkelte schon, als er wieder ging. Kewá durfte im Jeep bis ins Dorf mitfahren. Dort rannte der Junge eilig zu der winzigen Wellblechbaracke, die er mit seiner Mutter teilte.

Sie war nicht da. Vermutlich war sie schon zu dem großen, flachen Holzbau gegangen, in dem die Männer abends tranken und grölten und das Leben, den Wald und die dreckigen Indios verfluchten. Die wenigen *cruzeiros*, die Kewá manchmal fürs Helfen bekam, reichten ja nicht weit.

Wenn die Holzfäller im Wald ein Tupídorf entdeckten, fielen sie oft nachts darüber her und schossen wild um sich; denn die Anthropologen machten ein großes Geschrei um die paar niedrigen Hütten und waren imstande, die Arbeit zu stoppen, wenn sie davon erfuhren. Doch ein solches Dorf ist kein Haus – *das* konnte man leicht verschwinden lassen. Die Frauen und Mädchen aber trieb man ins Camp, denn weiße Frauen gab es hier weit und breit nicht.

Nur jenes schlafende Mädchen inmitten der Dornenranken.

Bewundernd dachte Kewá an ihr helles Haar, als er sich auf seiner schmutzigen Matte zusammenrollte. Obwohl er nichts zu essen gefunden hatte, spürte er kaum Hunger; die Erregung füllte seinen Magen. Er schlief unruhig und träumte wirres Zeug vom Wald, vom Regen und vom heiligen Frosch.

Hätte er gewusst, dass spätabends Männer mit zwei Zinksärgen das Haus betraten und wieder verließen, dann hätte er gar nicht geschlafen.

Am nächsten Tag erschien der Boss der Holzfäller am Schlag, wo es nun von Polizisten wimmelte. Hochrot im Gesicht und wild gestikulierend sprach er auf den *commissario* ein, der die Arme verschränkt hielt und mit steinerner Miene den Kopf schüttelte.

Nachmittags wurde ein rostzerfressenes, schmiedeeisernes Tor in der Mauer freigelegt. Der Mann mit dem Koffer kam wieder, und Kewá musste ihn durch den Wald führen, wo er eifrig Blätter von Sträuchern zupfte. Als sie zurückkamen, war die Rodung beendet: Wie ein Hügel strebte das dornige, orchideenbewachsene Rubusgestrüpp vom freigelegten Boden auf. Knisternde Spannung lag in der Luft, zwischen Carlos' Männern und den Beamten flogen wüste Beschimpfungen und Drohungen hin und her – und Kewá begann zu hoffen, dass seine Entdeckung weitreichende Folgen haben würde – auch wenn es kein Tempel war.

Achtundvierzig Stunden später runzelte der große Felipe de Almeida von der *universidade catolica* in Rio de Janeiro die Stirn.

„Was soll das heißen, Sie können sie nicht wecken?", erkundigte er sich gereizt. „Seit wann schläft sie denn überhaupt?"

Eduardo dos Santos wurde rot.

„Das wissen wir nicht genau", wich er vorsichtig aus.

„So. Na – und? Wer ist sie, wie heißt sie, woher kommt sie ...?"

„Das – äh – wissen wir auch noch nicht genau."

„Auch nicht, aha. Und was, bitte schön, weiß die Polizei in Belém?"

Genau solchen Zynismus hatte der junge Kommissar befürchtet, als er den Auftrag bekam, de Almeida um Mithilfe zu bitten.

„Bis jetzt nicht viel", gab er zu.

„Scheint mir auch so", knurrte der Professor und lehnte sich zurück. „Also – erzählen Sie mir eben das Wenige."

Eduardo dos Santos berichtete gehorsam. Auf dem schlohweiß umrahmten Gesicht seines Gegenübers spiegelte sich bald verächtliche Ungeduld.

„Und in der ganzen Zeit ist sie nicht *einmal* aufgewacht? Wovon lebt sie denn – oder wird sie intravenös ernährt?"

„N...nein, nicht dass ich wüsste; jedenfalls nicht bis gestern, als ich sie zum ersten Mal sah. Die Ärzte wa..."

„Dann ist sie tot!", erklärte der Professor im Brustton der Überzeugung.

„Nein, sie lebt. Das steht eindeutig fest."

„Das ist doch albern! Ihr seid einem dummen Trick aufgesessen! Einer der Holzfäller wird das Mädchen ins Haus geschmuggelt haben!"

„Zu welchem Zweck? Die haben nur Ärger durch die ganze Sache! Außerdem ist der Botaniker bereit zu schwören, dass die Lianen um das Haus unbeschädigt ..."

„Na, dann wurde eben der Durchgang schon früher geschaffen!"

„... und die Schnittstellen nachweislich zum angegebenen Zeitpunkt entstanden sind."

Der Professor grunzte. „Sie sagten, es wurden auch Gebeine gefunden?"

„Ja, in einem der unteren Räume. Sie werden noch untersucht; wir wissen nur, dass es die Überreste eines Mannes und einer Frau sind, die wohl eines natürlichen Todes ..."

„Wann?"

„Genaueres darüber ..." Eduardo wand sich unbehaglich.

Der Professor ließ nicht locker. „Und die Kassette?"

„Enthielt Ausweispapiere eines portugiesischen Kaufmanns namens Fernando sá Martines, seiner Frau Maria und deren Tochter Rosinha. Die Familie hat offenbar eine Zeitlang in Belém gelebt, daher wurden wir eingeschaltet."

„Na, also! Da haben Sie doch eine Identifizierung!"

Der Polizeikommissar blickte angestrengt auf den Schreibtisch.

„Die Papiere wurden am 16. April 1875 in Lissabon ausgestellt ..."

„*Was*?"

Die Wangen des Professors überzogen

sich mit Zornesröte. Beschwörend hob dos Santos beide Hände.

„Vielleicht eine Fälschung – und natürlich müssen die Dokumente nicht unbedingt zu dem Mäd... zu den Gebeinen gehören!"

„Sagen Sie mal, was versuchen Sie mir eigentlich weiszumachen: dass da ein Mädchen seit über hundert Jahren in einem Rankenhaufen mitten im Urwald schläft? Wir haben 2020!" donnerte de Almeida.

„Nein, nein – das natürlich nicht! Die Ärzte meinen, vielleicht eine noch unbekannte Infektion ... Sie sind doch Spezialist für Tropenkrankheiten!"

„Blödsinn!", schnaubte der Professor. „Ich habe keine Zeit für solche Spielereien!"

„Aber ..."

„Nehmen Sie da Costa mit, wenn es denn unbedingt sein muss – und von mir aus auch Silva. Aber nicht länger als zwei Tage; wir haben Wichtigeres zu tun, als schlafende Mädchen im Urwald für euch aufzuwecken. Und jetzt fort mit Ihnen!"

Der Kommissar verabschiedete sich erleichtert und dankte seinem guten Stern, dass er die Fotografie nicht erwähnt hatte. Die Geschichte klang auch so schon verrückt genug. Er stattete telefonisch Bericht ab und erfuhr, dass man die Papiere für echt hielt und durch Interpol Nachforschungen in Portugal anstellte.

Tags darauf geleitete er die Doktoren Silva und da Costa an das Bett des schlummernden Mädchens, wo diese sofort mit ihren Untersuchungen begannen. Der überlegene Ausdruck auf ihren Gesichtern verlor sich bald; sie spitzten nachdenklich die Lippen, berieten sich leise und verlangten, dass neben dem Haus ein provisorisches Labor eingerichtet werde.

Großäugig beobachtete Kewá, wie aus Brettern und Wellblech rasch ein langer Raum entstand. Indios schleppten die aus Rio angeforderten Instrumente und Gerätschaften heran – denn die Holzfäller hatten murrend abziehen müssen.

Er wusste nicht, was das alles bedeutete

und hielt sich von den Ärzten fern, verfolgte aber jede ihrer Bewegungen stumm aus dunklen Winkeln.

Und es gab viel zu sehen: Die *médicos* rüttelten und schüttelten das Mädchen, fühlten den Puls, maßen Atemfrequenz, Temperatur und Blutdruck, leuchteten mit kleinen, stabförmigen Lampen in ihre Augen und nahmen Blutproben. Im Labor studierten sie diese dann, färbten sie ein, zentrifugierten sie und legten reihenweise Kulturen an.

Vier Tage lang arbeiteten sie wie besessen. Dann berichteten sie den andächtig lauschenden *commissarios* wortgewandt, dass das Mädchen ungefähr fünfzehn Jahre alt und gesund, nur eben leider nicht munter sei.

Noch am selben Abend stürmte Professor de Almeida mit wehender Mähne ins Labor. Barsch verlangte er die Untersuchungsergebnisse, überlas sie flüchtig und fegte sie verächtlich vom Tisch. Dann eilte er mit weit ausgreifenden Schritten ins Haus, seine Leute und mehrere *commissarios* wie einen Kometenschweif hinter sich herziehend.

Das erste, was er dort sah, war Kewá.

„Was tut der Junge da – raus mit ihm, dies ist kein Spielplatz!"

„Er war es, der sie gefunden hat", erklärte Eduardo dos Santos.

„Ach so ..."

Als gebe die Tatsache, dass er das Mädchen entdeckt hatte, Kewá einen Anspruch darauf, sich in ihrer Nähe aufzuhalten, wandte sich de Almeida ab und betrat das Zimmer mit dem Bett.

„Du lieber Himmel!", rief er aus. „Was für ein unglaublicher Kitsch!"

Man hatte inzwischen die Ranken vorsichtig von Boden, Bett und Wänden gelöst; darunter waren zierliche, aber zerbrochene Möbel zum Vorschein gekommen, verrottende Teppiche, ein Handspiegel mit reich ornamentierter Silberfassung, zerfallende Kleider, Schmuck.

Auch die Fenster waren befreit worden; buntschillerndes Licht erfüllte den Raum.

„Ja, nicht wahr?", seufzte dos Santos hinter ihm neidisch. „Waren sehr reiche Leute, die sá Martines!"

Der Professor fixierte ihn scharf. „Soll das heißen ...?"

Eduardo nickte verlegen. „Die Papiere sind echt; auch die Besitzurkunde für dieses Grundstück hier – es wurde 1908 von einem Fernando sá Martines gekauft und bebaut. War vermutlich eine Plantage: Der Botaniker hat in der näheren Umgebung mehrere wilde Kaffeebäume gefunden, die normalerweise nicht zu ..."

„Ach, hören Sie auf!", rief de Almeida ärgerlich und wandte sich zum Bett.

Der *commissario* verstummte. Er war sowieso nicht begierig, diesem arroganten Riesen zu berichten, was Interpol herausgefunden hatte. Deren Leute hatten eine Import-Firma in Lissabon ausfindig gemacht, die seit 1799 – als Brasilien noch portugiesische Kolonie war – von dort Kakao, Kaffee und Tabak einführte. 1894 bis 1927 wurde sie von drei Brüdern geleitet: Paulo, Jorge und Fernando sá

Martines. Heute stand ein Enkel von Jorge, Alexandro sá Martines, dem Aufsichtsrat vor: ein Mann Mitte Siebzig, schlank, mit edel geschnittenem Gesicht.

Er berichtete von einem alten Familienskandal: Den Winter 1905\1906 habe sein Großonkel Fernando wie üblich an der Südküste Spaniens verbracht. Dessen Frau Maria war kränklich und litt sehr unter ihrer Kinderlosigkeit. In einem Fischerdorf habe sie ein blondes Kind gesehen – einen Säugling, kaum ein paar Monate alt – und war so hingerissen gewesen, dass ihr Mann alles versuchte, den Eltern das Kind abzuschwatzen. Er bot ihnen viel Geld, doch sie gingen nicht darauf ein.

„Ein blondes Kind? In Südspanien?"

Senhor sá Martines zuckte die Achseln. Ja – ein blondes Mädchen.

Maria sei in tiefe Depressionen verfallen, Fernando war verzweifelt, ließ das Kind schließlich kurzerhand entführen und kehrte nach Lissabon zurück, wo er es als sein eigenes ausgab.

Einige Wochen danach sei ein altes Weib vor seinem Haus aufgetaucht, das grässliche Verwünschungen ausstieß und die sá Martines verfluchte: Leid und Elend habe er gebracht; die Mutter des Kindes sei am Kummer über den Verlust gestorben; Leid und Elend würden nun auch über ihn und seine Familie kommen.

„Das Gefasel der Alten muss meinen Onkel sehr erschreckt haben, denn er verkaufte sofort sein Haus, regelte seine Angelegenheiten und schiffte sich im Frühsommer 1906 mit Frau und Kind nach Belém ein, wo die Firma eine Niederlassung hatte. Dort kümmerte er sich einige Jahre lang um die Geschäfte und baute, wenn ich mich recht erinnere, zugleich irgendwo auch eine eigene kleine Kaffee-Plantage auf. Aber eines Tages verschwand er samt Frau und Kind spurlos und tauchte danach nie wieder auf."

„Hat man denn nicht nachgeforscht?"

„Doch, natürlich. Es gab ja keine Erklärung für sein Verschwinden, also befürchtete die Familie das Schlimmste." Er hob die Schultern. „Aber damals befand sich Brasilien in einer Phase der Umwälzung und Unruhe, politisch und sozial: Althergebrachtes wurde abgeschafft, Neues eingeführt, der Erste Weltkrieg warf seinen Schatten voraus ... Es waren wirre Zeiten; da interessierte sich niemand sonderlich für das Schicksal eines unbedeutenden Geschäftsmanns. Alle Nachforschungen verliefen im Sande – mein Onkel war und blieb unauffindbar. Übrigens existiert noch ein Brief von ihm aus Belém, und ich glaube, sogar eine Fotografie."

Der Brief enthielt nur Geschäftliches. Die Fotografie zeigte einen ernst dreinblickenden Mann und eine strahlend lächelnde Frau, die Arme liebevoll um ein kleines Mädchen mit langem, hellblondem Haar geschlungen. Es war genau das gleiche Bild wie in der Kassette, nur wesentlich besser erhalten ...

Wer bist du, fragte sich Eduardo nun stumm und schaute auf das schlummernde, rosige Mädchen nieder. Man hatte das zerschlissene Bettzeug nun ersetzt, ihr auch ein neues Nachthemd übergestreift; doch trotz des sterilen Weiß sah sie immer noch wie eine Prinzessin aus.

„Was ist das schwarze Zeug da an ihren Fingern?", wollte de Almeida wissen.

„Fingerabdruckfarbe."

Der Professor richtete sich steif aus.

„Wir haben welche auf dem Handspiegel gefunden", verteidigte sich dos Santos. „Der Vergleich beweist, dass es ihre sind!"

„Wie alt?"

„Lässt sich nicht feststellen. Die Aminosäuren von Schweißabsonderungen bleiben konstant, auch hundert Jahre lang und länger."

„Ja, natürlich – das weiß ich! Ich meinte: Was ist mit Mikroorganismen? In diesem Klima müsste sich doch ein Belag gebildet haben."

„Die Poli ..." Dos Santos räusperte sich. „Unglücklicherweise hat man den Spiegel sofort nach Abnahme der Fingerabdrücke gesäubert."

Sekundenlang befürchtete er ernstlich, den Professor würde der Schlag rühren.

„Idioten!", schäumte dieser, krebsrot im

Gesicht. „Trottel! Kretins! Wenn man nicht alles selber macht ..."

Eine Woche lang machte er alles selbst, behandelte da Costa und Silva wie tölpelhafte Lehrbuben, ließ einen Röntgenapparat und ein Ultraschallgerät kommen, das Labor ausbauen und das Zimmer des Mädchens wie die Intensivstation eines Krankenhauses ausstaffieren – denn auch er wagte nicht, sie zu verlegen.

Schließlich teilte er dos Santos sehr würdevoll mit, es handle sich beim vorliegenden Fall um ein etwa fünfzehnjähriges Kind weiblichen Geschlechts, das dem Anschein nach völlig gesund ...

„... aber nicht munter ist – ich weiß", sagte der ungeduldig. „Und warum schläft sie dann immer noch, wenn sie nicht krank ist?"

„Das habe ich nicht gesagt", verwahrte sich der Professor. „Ich sagte 'dem Anschein nach' – das ist etwas ganz anderes! Überhaupt fällt das hier eigentlich nicht in meinen Kompetenzbereich – aber es gibt da einen Kollegen von mir, einen Schlafforscher aus Sao Paulo ..."

Von da an geriet die Sache rasch außer Kontrolle. Wissenschaftler aus ganz Brasilien begannen sich am Bett des friedlich schlafenden Mädchens einzufinden. Die Lichtung ums Haus summte wie der Hof einer Universität, und auch das Camp veränderte sich zunehmend: Hoffnungsvoll errichtete eine Hotelkette mehrere ausbaufähige Bungalows, ein Laden und ein Geschäft für Laborbedarf wurden eröffnet, die Kirche schickte zwei Missionare „für die Indios", und die wie Heuschrecken einfallenden Reporter teilten dem Land täglich dasselbe in neuen Worten mit.

Dann starb Kewás Mutter – an zu viel Schnaps, wie die *médicos*, da sie nun schon einmal da waren, feststellten. Tröstend tätschelten sie dem wie Erstarrten die braunen Wangen. Die Missionare deuteten zum Himmel und sprachen von Gott. Aber Kewá glaubte ihre seltsamen Geschichten nicht. Sein Himmel war das grüne Blättergeflecht des Waldes ringsum, in den sich die Brüllaffen jetzt immer tiefer zurückzogen.

Man begrub Kewás Mutter eilig. Danach ging er kaum noch ins Dorf, trieb sich ständig im Haus herum und beobachtete alles. Wo er schlief, was er aß: Niemand wusste es, keiner fragte danach; man war zu beschäftigt. Architekten stützten die Mauern ab, damit die Lianen und Ranken entfernt werden konnten. Teile davon wurden an botanische Labors geschickt, um das Alter zu bestimmen.

„Nichts zu machen", berichtete Eduardo dem Professor, der längst nach Rio zurückgekehrt war, aber getreulich jedes Wochenende herflog. „Keine Jahreszeiten – keine Jahresringe. Wir sind viel zu nahe am Äquator."

„Hm. Für die C-14-Methode ist das Zeug nicht alt genug, was?"

Der *commissario* nickte. „Keine Chance – viel zu ungenau."

„Und die Analyse der Kleider, der Möbel?"

„Einrichtung und Bettzeug stammen

aus Portugal – Alter etwa 120 Jahre, teilweise noch älter. Die Kleider sind aus brasilianischen Stoffen, aber in etwa auch aus der Zeit."

Er brach ab, spielte verlegen mit einem Bleistift. De Almeida kniff argwöhnisch die Augen schmal.

„Was ist? Kommen Sie, heraus damit!"

Der *commissario* öffnete eine Schublade des Schreibtisches.

„Das hier steckte im Füllmaterial der Decke", sagte er rau und zeigte dem Professor ein goldenes Kettchen mit einem winzigen Spinnrad samt Spindel und Goldfaden. „Muss durch die Risse gerutscht sein."

Wortlos verließ der Professor den Raum. Eduardo verstand ihn gut.

Einer nach dem anderen zogen die Wissenschaftler wieder ab. Keiner konnte den Schlaf des Mädchens erklären, aber jeder nannte irgendwo auf der Welt einen Kollegen, der sicher mehr herausfinden könne, weil er über neuere Geräte oder Daten oder beides verfüge.

Man telefonierte, sandte Telegramme, und bald häuften sich Zusagen voller dünn verschleiertem Spott. Staunend sah Kewá die *médicos* aller Herren Länder einmarschieren, erblickte schwarze, rote, gelbe Gesichter über stets weißen Kitteln, denen demütige Assistenten folgten, wurde von Namen und Titeln eingehüllt wie in Schall und Rauch.

Neue Maschinen ersetzten die alten, die Hotelkette stockte frohlockend die Bungalows auf, und die Missionare bestanden nachdrücklich auf den Bau einer Kirche, damit man dem Mädchen die Kommunion erteilen konnte.

„Sie wissen doch gar nicht, ob sie überhaupt katholisch ist!", wehrte sich dos Santos verzweifelt. Er hatte genug um die Ohren, nun, da ihm auch noch wichtige Männer in grauen Anzügen das Leben schwermachten.

„Was sollte sie sonst sein!", antwortete der Missionar in einem Ton, der jeden Widerspruch ausschloss. Und er setzte seinen Willen durch.

Bei dieser Gelegenheit kam heraus, dass das Mädchen nicht schluckte.

„Aha!", sagte der deutsche Internist, der sich eben mit dem Mageninhalt (nichts) beschäftigte und stürzte sich erneut in genaue Speicheltests. Finster studierte er deren Ergebnisse, seufzte tief, heftete sie ab und verlangte dann erbost eine Erklärung für den miserablen Ernährungszustand der Indios.

Der amerikanische Gerontologe fand kaum Zellverschleiß, „was aber bei einem so jungen Menschen zu erwarten war". Ein griechischer Anthropologe ordnete sie „mit an Sicherheit grenzender Wahrscheinlichkeit" der weißen Rasse zu. Das japanische Toxikologenteam schloss eine Vergiftung „zu 99 Prozent" aus; den fünf britischen Hämatologen erschien das Blut sehr rot, aber „eher unauffällig"; und der berühmte Professor Schmack aus Wien beschrieb den Schlaf des Mädchens als „tief, aber nicht besorgniserregend – durchaus noch im Bereich des Normalen."

„Warum *wecken* Sie sie dann nicht?", fragte Eduardo, der inzwischen allen Glauben an die Wissenschaft verloren hatte. „Erweckbarkeit ist doch ein unverzichtbares Kriterium der Diagnose ‚Schlaf'!"

Er konnte auch lesen.

„Das weiß ich!", fauchte der rundliche Gelehrte wütend. Er hatte Gehirnaktivitäten gemessen, Muskelzuckungen und REM-Phasen gezählt, zyklische Veränderungen penibel dokumentiert und sowohl das Mädchen als auch das EEG-Gerät so heftig geschüttelt, dass beide klapperten. Ja, er hatte sogar eine Nadel in ihr Bein gestochen – ein Vorgang, der Kewá mitfühlende Grimassen abzwang – und schließlich einen Professor hinzugezogen, der sich mit der Hibernation von Warmblütern befasste. Der streute Sägemehl über die Schlafende, sah ihr beim Abschütteln zu und meinte, Winterschlaf sei das nicht.

„Was soll ich denn noch tun – sie wach*küssen*?"

Erbittert starrten sich die beiden an. Totenstille trat ein; dann lachte einer der Regierungsleute, die schweigend dabeisaßen, auf.

„Wenn's was hilft ... Ein paar Prinzen lassen sich bestimmt auftreiben!"

„Ich verbitte mir Ihre dummen Witze", zürnte dos Santos.

„Eine ausgezeichnete Idee!", empfahl gleichzeitig der Professor warm. „Ich bin mit meinem Latein nämlich am Ende!"

„Könnte das denn etwas nützen?", hörte dos Santos sich unsicher fragen.

Der Professor schnaubte geringschätzig.

„Wohl kaum. Andererseits widerspricht dieser Schlaf allen Regeln der Wissenschaft, und außergewöhnliche Umstände erfordern außergewöhnliche Maßnahmen. Es ist zwar sehr weit hergeholt, aber vielleicht, dass ... Ach, machen Sie doch, was Sie wollen!"

Ärgerlich wandte er sich ab. Die Regierungsleute wurden ernst, und dos Santos ertappte sich bei technischen Überlegungen.

Es wurde beschlossen, einen Versuch zu wagen. Vorsichtig formulierte Schreiben, in denen von einer „Wohltätigkeits-Veranstaltung für Tupí-Indianer" die Rede war, gingen an die regierenden europäischen Königshäuser ab.

Aus England traf die erste Antwort ein: Man bedaure, habe aber keinen Prinzen zur Hand, der das Mädchen küssen könne. Alle vorrätigen Prinzen seien verheiratet oder aber entschieden zu jung für so etwas. Man verwies auf andere Monarchien und wünschte viel Erfolg.

Schweden und Spanien lehnten ebenso höflich ab, und Eduardos Hoffnung sank. Doch schließlich traf die erste Zusage ein: ‚Wegen der Wohltätigkeit' erklärte sich ein anderer europäischer Prinz zum Küssen bereit. Im Gegensatz zu den Briten sehe er in seinem Status als verheirateter Mann keinen Hinderungsgrund, ließ er ausrichten – schließlich handle es sich bei den gewünschten Tätigkeiten ja um eine rein medizinische Notwendigkeit.

Sofort begannen die Vorbereitungen. Eine Straße wurde angelegt. Die Hotelkette konnte ihr Glück kaum fassen und ließ rote Teppiche weben. Sicherheitsbeamte riegelten das Gebiet ab und die Zahl der Reporter verdreifachte sich sprunghaft.

Der Prinz flog ein, sah sich das Dorf und ein paar gewaschene Indios an, nahm ein erlesenes Diner zu sich und küsste anschließend das Mädchen vor versammelter Ärzteschaft. Dieses bewegte sich, murmelte leise – und schlief weiter. Auch zwei weitere, energischere Küsse brachten keinerlei Erfolg.

Verstimmt reiste der Prinz wieder ab.

Wäre es nach Eduardo gegangen, es hätte keinen neuen Versuch gegeben. Aber die Gelehrten hatten Feuer gefangen, sprachen von einer möglichen biochemischen Reaktion, die eventuell das Schlafzentrum des Gehirns positiv beeinflussen könnte – und forderten mehr Prinzen.

Der *commissario* geriet bald in Beschaffungsnot: Europa war klein.

„Weißt du noch einen?", fragte er Kewá seufzend. Der schüttelte ernst den Kopf. Er begriff nicht, warum all diese Leute das Mädchen aufzuwecken versuchten. Sie war doch ein Wunder, wie ein Regenbogen oder ein Sonnenstrahl – oder jene kelchförmigen Blüten, die einen kleinen Teich mit einem winzigen Frosch darin in sich bargen.

Wussten die das nicht?

Doch das Küssen war immer noch besser als die Prozedur mit der Nadel, und deshalb hätte er gerne geholfen. Aber er kannte keine Prinzen.

„Was ist mit Asien? Arabien? Afrika?", schlug ein Polizist hilfreich vor.

Die genannten Kontinente erwiesen sich als veritable Prinzengruben. Aus Indien kamen welche, die jenen ersten Prinzen wie das Kind armer Leute aussehen ließen, aber auch Arabien und Afrika sandten ihre handverlesenen Besten.

Kusswillig waren sie alle – und ein paar Rotblütige dazu, wie dos Santos feststellen musste. Doch nach dem ersten Fiasko ließ er sich nicht mehr von Glanz und Gefolge blenden, sondern prüfte alle Bewerber auf Herz und Nieren, und zwar ohne die Ärzte um Rat zu fragen.

Diese zogen immer längere Gesichter, je stattlichere Prinzen am Bett vorbeidefilierten, ohne mehr als ein leichtes Flattern der Lider zu bewirken. Eine Weile diskutierte man noch über einen eventuell hinderlichen Einfluss der verschiedenen Desinfektionsmittel, mit denen die Lippen des Mädchens nach jedem Kuss betupft wurden, verringerte die Menge, ließ sie schließlich ganz weg.

Doch als auch das ergebnislos blieb, begannen sich die Reihen der Wissenschaftler zu lichten. Einer nach dem anderen erinnerte sich plötzlich eines wichtigen Kongresses oder drängender Forschungen, packte seine Geräte und Assistenten ein und entschwand.

Auch die Prinzenflut verebbte.

Schließlich waren nur noch fünf Ärzte da. Geschlagen saßen sie im ehemaligen Wohnzimmer des Hauses, das zu einer Art Hauptquartier und Treffpunkt von Polizei und Wissenschaft umfunktioniert worden war, und starrten ratlos vor sich hin.

„Hab' ich ja gleich gesagt, dass diese Küsserei Schwachsinn ist", brummte Professor Schmack und löste damit einen Sturm der Entrüstung aus.

„Bitte ... bitte, meine Herren!", suchte dos Santos zu besänftigen. Er wartete, bis wieder Stille herrschte und sprach dann aus, was alle dachten: „Und was machen wir nun mit ... unserem Dornröschen?"

„Schieben wir ihr doch eine Erbse unter die Matratze", schlug Schmack sarkastisch vor. „Probates Mittel!"

„Geht nicht", wandte ein dänischer Internist, der gedankenversunken aus dem Fenster starrte, todernst ein. „Das Bett hat einen Gitterrost."

Tosendes Gelächter schreckte ihn auf; er lief blutrot an und grinste verlegen.

Professor de Almeida schob seine Brille

hoch und trocknete sich die Augen.

„Tja", sagte er, wieder ernst werdend, „ich fürchte, Kollege Schmack hat Recht: Unfassbar, dass wir diesem Versuch mit den Prinzen zugestimmt haben. Ich weiß, ich weiß", er legte eine Hand begütigend auf dos Santos' Schulter, der empört die Backen aufblies, „Sie trifft keine Schuld, das war einfach ... Aber jedenfalls ist es an der Zeit, dass die Wissenschaft wieder zum Zug kommt – die wahre Wissenschaft. Wir werden das Mädchen in die Universitäts-klinik nach Rio bringen lassen; hier kommen wir ja doch nicht weiter."

„Und was können Sie dort tun, was nicht schon hier versucht worden ist?"

„Sie aufschneiden, natürlich!" De Almei-da warf beide Arme hoch. „Dort können wir ihre Leber punktieren, den Bauchraum ausspiegeln, das Knochenmark unter-suchen ..."

„*He*!", rief Eduardo, der aus den Augen-

winkeln einen huschenden Schatten wahr-
genommen hatte. Als keine Antwort kam,
rannte er los.

Doch Kewá war schon auf der Treppe. Er
hatte, wie immer unbemerkt, im dunklen
Flur vor dem Eingang des Wohnzimmers
gestanden, eine Wange an das kühle
Mauerwerk geschmiegt, und den Stimmen
gelauscht, als die Worte des weißhaarigen
médicos wie ein Pfeil in sein Herz drangen:
aufschneiden! Sie wollten das Wunder
aufschneiden!

Nein, das durfte nicht geschehen. Lieber
weckte er sie. Zwar würde auch das den
Zauber zerstören: Ein waches Mädchen
war schließlich nur ein waches Mädchen,
selbst wenn es blond war. Aber wenigstens
würde man sie nicht mehr quälen oder gar
töten – eine furchtbare Vorstellung!

Er wusste natürlich, was sie aufwecken
würde; er kannte die Macht von Gedanken
und Gefühlen, hatte unzählige Male ihre

Wirkung erlebt in den geduckten Hütten im Wald, als sein Dorf noch stand. Und *er* liebte das Mädchen, das er gefunden hatte. Es war *ihm* in den Weg gelegt worden, *sein* Wunder – alles, was ihm noch geblieben war.

Der brennende Schmerz hatte ihn in Bewegung gesetzt. Doch nun, wo es zum ersten Mal darauf ankam, nicht bemerkt zu werden, fiel er auf. Er hörte dos Santos rufen und lief schneller. Dieser jagte ihm nach, dicht gefolgt von Professor Schmack, dem sich die anderen Ärzte anschlossen.

Eduardo erreichte das Zimmer als erster und blieb abrupt stehen. In der weichen Dämmerung des rasch hereinbrechenden Abends sah er den kleinen Indio eilig auf das Bett klettern, dessen von vielen prinzlichen Händen blankgeriebene Pfosten wie Gold schimmerten, und das träumende Kind darin inbrünstig küssen.

Sofort öffnete dieses die Augen.

„Was zum ...", keuchte Schmack. Hinter ihm verklumpte sich der Rest der Wissenschaftler an der Tür. Kewá rutschte hastig vom Bett.

Bernsteinfarbene Augen strahlten ihn an. Das Mädchen lächelte und setzte sich auf. Es hob die Arme, reckte sich genüsslich und begann herzhaft zu gähnen.

„Mein Gott", stammelte de Almeida, der die anderen um Haupteslänge überragte; und dann nochmals, lauter, erregter: „*Mein Gott!*"

Hilflos deutete er auf das Mädchen, dessen Haut eine grünliche Färbung annahm. Sie gähnte und gähnte und schien mit jedem Atemzug ein Stückchen zu schrumpfen. Ihre Gesichtszüge, ihre nackten Arme, ihr ganzer Körper veränderte sich; die langen Locken fielen aufs Bett. Vor den Augen der fassungslosen Professoren krümmte sich ihr Rücken, verflachte ihr Kopf, formten sich ihre Hände zu zierlichen Füßchen mit langen, zartgliedrigen Zehen; und als sie endlich aufhörte zu gähnen, saß inmitten goldblonden Geringels ein blattgrüner, glänzender Frosch.

Ein unglaublicher Tumult brach aus. Die Ärzte an der Tür schrien durcheinander und versuchten, sich gegenseitig aus dem Weg zu schieben.

„Das *gibt* es doch gar nicht!", brüllte Schmack und wollte auf das Bett zustürzen. Erschreckt griff Kewá nach dem Frosch und drückte ihn an sich. Doch er musste ihn nicht verteidigen: Ein winziger Funken des Wunders war auf Eduardo dos Santos übergesprungen. Er warf seinen Arm zur Seite und boxte dem Professor dabei kräftig in den Magen. Der krümmte sich keuchend.

„Verzeihung", murmelte dos Santos, ohne die Augen von dem Jungen zu nehmen. Kewá begriff sofort. Mit zwei Sätzen war er am Fenster, zerriss das dünne Moskitonetz und sprang hinaus.

Ein wilder, gieriger Schrei entrang sich Schmacks Kehle. Der Ärzteknäuel an der Tür löste sich auf – alle stürzten ans Fenster.

Im letzten Licht des Tages rannte Kewá über den nackten Boden der Rodung und erklomm flink die Mauer. Oben drehte er sich noch einmal um. Eduardo sah ihn glücklich lächeln; dann sprang der kleine Indio auf der anderen Seite hinab und verschwand im schützenden Dickicht des weiten, schweigenden Dschungels, wo Wunder alltäglich sind.

Man hat nie wieder etwas von ihm gehört.

Die Haare des Mädchens untersuchen sie heute noch ...

Tom Barnes schlug mit der Faust aufs Lenkrad. „So ein Mist. Hoffentlich komme ich noch bis nach Queens Meadow."

Er war sauer. Schon seit einer halben Stunde schaffte sein Wagen nicht mehr als Schritttempo. Trotz seiner Wut fiel ihm ein kleiner schwarzer Kasten an einem Hochspannungsmast auf. Der Kasten hing leicht geneigt mit der Breitseite zur Fahrtrichtung. Tom achtete jedoch nicht weiter auf ihn. Er hatte jetzt andere Sorgen.

Endlich: die Einfahrt zum Ort!

Immer wieder setzte der Motor aus. Tom kroch die breite Hauptstraße entlang, sah das Schild einer Werkstatt und schaffte es gerade bis auf den Vorplatz. Dann blieb der Wagen stehen.

Er stieg aus. Auf eine Reparatur müsse er warten, sagte man ihm. Der Mechaniker sei bei dem schönen Wetter zum Angeln gegangen. Tom fluchte. Nun war alles aus. Während er die Straße entlangging, überdachte er seinen ganzen schönen Plan.

Tom war hier mit Fred Duncan verabredet. Am nächsten Vormittag kamen die Lohngelder für die Bergarbeiter der Gegend in der nahen Stadt an. Eine Bank so nahe an der Staatsgrenze zu überfallen und zu verschwinden, war ein Kinderspiel, wenn man Bescheid wusste.

Tom hatte den alten Highway und diesen kleinen, fast vergessenen Ort als Treffpunkt ausgewählt, weil er annahm, dass es seit der neuen Straßenführung hier kaum Kontrollen gebe.

Und er hatte Recht behalten. Wäre er nicht durch die Panne zum Kriechen gezwungen worden, hätte er seinen Wagen nach der Abfahrt endlich mal wieder richtig ausfahren können. Mit einem Seufzer dachte er an die Zeit zurück, als er sich mit illegalen Straßenrennen über Wasser gehalten hatte. Er hatte immer viel riskiert und oft gewonnen.

Er kickte ein Steinchen zur Seite. „Den Überfall können wir vergessen, weil der Wagen nicht rechtzeitig fertig sein wird", dachte er. „Und zurücklassen geht nicht, weil es mein eigener ist."

Wieder sah er einen schwarzen Kasten hängen. Diesmal betrachtete er ihn genauer. In der Mitte war eine Art Linse in die Abdeckung eingelassen, darunter eine kleine runde Öffnung.

Zwei Wagen bogen in die Hauptstraße ein. Tom hatte irgendwie den Eindruck von Zeitlupe, so gesittet langsam fuhren sie. Überhaupt stand nicht ein Auto am Straßenrand. Tom war gewohnt, dass geparkt und gehalten wurde, wie es den Fahrern gerade in den Sinn kam. ‚Nur nicht zu weit laufen‘ war die Devise. Er fand das selbstverständlich.

Der erste Wagen bog ab, der zweite jedoch hielt in einer Parkbucht. Der Fahrer stieg aus und lief die etwa hundert Meter zurück bis zu dem Gebäude, vor dem Tom stand. Zwei Minuten später kam er wieder heraus und ging zu seinem Auto. Tom begriff überhaupt nichts mehr. Für so einen kurzen Moment so weit weg zu parken!

Aber noch etwas anderes war ihm aufgefallen. Der schwarze Kasten hatte sich bewegt. Sein Linsenauge war dem Fahrzeug gefolgt und jetzt wandte es sich wieder ...

ihm zu! Eine Überwachungskamera? Tom blickte sich um und nun sah er einen weitere Kasten.

„Verdammt!", dachte er. „Dies ist kein Treffpunkt. Einer der Kästen hat mich längst registriert oder gar fotografiert."

Er überlegte. Fred war vielleicht schon da, vielleicht zu schnell gefahren und womöglich im Gefängnis, weil er nicht genug Geld für die aufgebrummte Strafe bei sich gehabt hatte. Tom wusste, dass Fred auch nicht anders fuhr als er selbst. Der schwarze Kasten auf dem Highway fiel ihm wieder ein. Nun war er über seine Panne nicht mehr ganz so sauer.

Aber wegen Fred musste er sicher sein, deshalb nahm er sein Smartphone und wählte Freds Nummer. Keine Verbindung. Tom prüfte die Ziffern, alles richtig, und wählte erneut. Nichts. Hatte man ihm das Telefon abgenommen und ausgeschaltet? Er zögerte kurz und beschloss dann, in die Höhle des Löwen zu gehen. Noch lag gegen ihn selbst schließlich nichts vor.

Der diensthabende Officer ließ sich leicht in ein Gespräch verwickeln. Wie nebenbei erfuhr Tom, dass heute keine Verkehrsdelikte vorgekommen seien, ja, dass hier seit Jahren keine Bestrafungen mehr wegen Verstößen dieser Art verzeichnet worden wären.

Den Rest des Tages verbrachte Tom mit Warten. Sein Wagen stand nach wie vor an der Werkstatt. Der Mechaniker war noch nicht zurück. Und wo blieb Fred? Tom wurde immer unruhiger. Warum?

„Weil der Kasten mein Gesicht aufgenommen hat", antwortete er sich selbst. „Oder hat er nicht?" Während er die Straße hinunterging beschloss er, mehr darüber zu erfahren.

„Hallo!"

Tom hob den Kopf und sah hinter einem niedrigen Zaun ein Mädchen. Es war neun, vielleicht zehn Jahre alt und saß in einem Rollstuhl.

„Hallo!", rief es wieder.

Tom versuchte zu lächeln. „Hallo!"

Er wollte weitergehen.

„Sie sind nicht aus der Gegend, Mister?"
Das Mädchen rollte sich näher an den
Zaun heran. Dabei lächelte es auf eine
ganz seltsame Weise.

„Nein." Tom fühlte sich unbehaglich. Er
hatte keinen Draht zu Kindern, schon gar
nicht zu behinderten Kindern und wusste
nicht recht, wie er sich verhalten sollte.
Aber er blieb stehen.

„Das dachte ich mir gleich", plauderte
die Kleine drauflos. „Mein Großvater sagt
immer, ‚Pass auf, Queeny, du erkennst die
Fremden an ihrem Gang.'"

„Queeny heißt du?", fragte Tom wenig
geistreich.

„Ja, oder eigentlich nein. Aber alle nen-
nen mich so. Meinem Großvater gehört
hier alles, er hat dem Ort den Namen gegeben, seinen Namen. Und ich..."

Queeny unterbracht sich, weil hinter ihr
die Haustür geöffnet wurde. Ein alter Herr
trat in den Vorgarten, schaute kurz
herüber zu Tom und kam dann an den
Zaun. Ein Blick auf Queeny überzeugte ihn
davon, dass alles in Ordnung sei. Die
Kleine strahlte ihren Großvater an.

„Grandpa, schau, der Herr ist nicht von hier", rief sie, „du hattest Recht, ich kann es sehen."

Jetzt wusste Tom, warum ihn ihr Lächeln vorher so irritiert hatte, denn erst jetzt lächelten ihre Augen mit. Doch schob er den Gedanken fort und konzentrierte sich auf den Alten.

„Ich wollte nicht stören, Mister. Aber Ihre ... Enkelin sprach mich an, und da ..."

„Ja, ja, schon gut. Ich kenne das von Queeny. Kommen Sie doch herein."

Tom rührte sich nicht.

„Was ist? Was haben Sie den?"

Tom schüttelte leicht den Kopf. „Ich glaube, ich kenne Sie irgendwo her. Ist es möglich, dass ich Sie schon gesehen habe? In der Zeitung vielleicht? Ja, ich glaube, es war in der Zeitung. Ein Artikel über ... über Atomphysik oder etwas Ähnliches."

„Tatsächlich. Sie haben ein erstaunlich gutes Gedächtnis, junger Mann. Es gab einen solchen Artikel, aber das ist schon einige Jahre her."

Tom wollte dem alten Herrn nicht näher erklären, warum es eine Zeit gegeben hatte, in der er sich genötigt sah, immer und immer wieder die gleichen Zeitungsberichte zu lesen, monatelang, bis zu seiner Freilassung. Deshalb nickte er nur.

„Sie sind Herbert Queen, nicht wahr, Professor an der Universität in Minnesota."

„Im Ruhestand, junger Mann, im Ruhestand. Aber Sie haben Recht. Kommen Sie doch endlich herein. Interessieren Sie sich für meine Arbeit?"

Tom verstand von Atomphysik so viel wie eine Maus vom Stricken, doch vielleicht bot sich hier eine Möglichkeit, nach dem Sinn der Kästen zu fragen. Also folgte er dem Alten. Dabei fühlte er die Augen der Kleinen auf sich gerichtet und schaute sich um. Wirklich sah sie ihn an, und wieder lächelte nur ihr Mund. Tom fühlte, wie ein leichter Schauer seinen Rücken hinaufkroch. Dann war er im Haus.

Professor Queen bot ihm einen Stuhl an. Anfangs unterhielten sie sich über das

Wetter und die Gegend. Nach einer Weile brachte der Alte das Gespräch auf Queeny.

„Sie haben sicher schon vermutet, dass ich ihretwegen hier draußen lebe, oder?"

Tom nickte, obwohl er sich darüber noch keine Gedanken gemacht hatte. „Ist sie … Hat sie …?" Tom brach ab.

„Sie hatte einen Unfall, einen Autounfall. Ihre Eltern sind dabei ums Leben gekommen. Seit fast fünf Jahren sitzt sie im Rollstuhl. Ich habe ihn selbst konstruiert."

Tom schluckte. Ihm war die kleine Auffahrt an der Hintertür aufgefallen. Das Haus war ebenerdig angelegt. Queeny konnte also überall aus eigener Kraft hin.

„Sie leben allein mit ihr?", fragte Tom.

„Jawohl. Ich arbeite mit ihr, versorge sie, unterrichte sie, ich … lebe nur für sie."

„Und alles allein?", fragte Tom lahm. Das Gespräch war ihm unangenehm.

Der Alte nickte. Dann senkte er die Stimme. „Es ist leichter, als Sie glauben. Das Kind ist ein Genie. Manchmal will ich es nicht wahrhaben. Aber sie ist mir oft eine unschätzbare Hilfe."

Tom sah den Stolz in den Augen des Professors aufleuchten und dachte sich seinen Teil: „Ein Großvater. Na, ja." Er bereute jetzt, mitgegangen zu sein und stand auf.

„Also dann, Professor ...“

Durch das Fenster sah er Queeny vor dem Gartentor. Sie schaute unverwandt auf das Haus, auf ihn.

„Oh, natürlich", rief der Professor. „Sicher wollen Sie meine Arbeiten sehen. Kommen Sie doch bitte mit."

Tom ging mit. Der Professor führte ihn in eine Art Arbeitskeller. Für Queeny gab es einen Aufzug. Tom lobte die Einrichtungen. Der Alte nickte.

„Ja, das war nicht einfach. Aber jetzt funktioniert alles. Schauen Sie hier."

Doch Tom war abgelenkt. Über der Werkbank an der Wand hing eine Zeichnung. Und Tom glaubte, darauf die schwarzen Kästen von draußen wiederzuerkennen. Es sah aus wie ein Konstruktionsplan.

„Sagen Sie, Professor, was ist das für ein Kasten?"

Der Alte fuhr herum. Doch dann glättete sich sein Gesicht zu einem Lächeln.

„Oh, Sie meinen die Zeichnungen? Daran habe ich gearbeitet, nachdem wir beide uns hier soweit eingerichtet hatten." Der Alte atmete hörbar. „Solche Kästen hängen draußen und oben am Highway."

„Ja, ich habe sie gesehen. Wozu sind sie gut?"

„Sie verhindern Verkehrsdelikte." Fast liebevoll strich der Alte über den Plan. Dann zupfte er einen dunklen Vorhang zurecht. „Eine gute Erfindung. Seit die Kästen hier hängen, gibt es keine Verletzung von Verkehrsregeln mehr."

„Sei meinen, Sie erwischen jeden, der zu schnell fährt, mit solch einem Kasten?"

„Ja, so ungefähr. Aber kommen Sie doch hier herüber; an dieser Erfindung arbeite ich zurzeit."

Der Professor ging auf die andere Seite des Kellerraumes, doch Tom war noch nicht zufrieden.

„Aber warum lassen die Leute sich das gefallen? Das gibt es doch sonst nirgendwo, auch nach dem Gesetz nicht, jedenfalls nicht so. Und wie funktioniert der Kasten? Macht er Bilder?"

Der Professor drehte sich wieder um. „So viele Fragen, junger Mann? Der Kasten interessiert Sie wohl?"

Tom nickte. „Ja, im Allgemeinen weiß ich gern, wenn ich fotografiert werde." Er versuchte zu lächeln. Der Aufzug quietschte leise, als Queeny jetzt zu ihnen in den Keller kam. Die Deckenbeleuchtung flackerte.

„Mit dem Strom gibt es manchmal Probleme, wenn der Aufzug läuft", murmelte der Alte. Dann wandte er sich Tom voll zu. „Wenn Sie fotografiert werden?" Er blinzelte. „Sie halten wohl nicht viel von Verkehrsregeln?"

„Oh, ich … na ja. Seien wir ehrlich: wenn die Straße frei und breit genug ist …" Er biss sich auf die Lippen. Queeny sah ihn unverwandt an.

„Wie ist es passiert?" Ungewollt flüsterte Tom. Auch der Professor sprach leise.

„Queenys Eltern wollten mit ihr in die Stadt fahren. Als sie auf den Highway auffuhren, erfasste sie ein Buik. Es fuhr viel zu schnell. Sie werden die Kurve nach der Auffahrt bemerkt haben. Ein anderer Wagen kam entgegen. Der Buik konnte nicht ausweichen ... Nur Queeny wurde gerettet ... so." Der Alte wies mit dem Kopf in ihre Richtung und Tom begriff, dass er den Rollstuhl meinte. „Sie wird nie wieder gehen können."

„Und der Buik?", fragte Tom.

„Er war nicht aus dieser Gegend. Der Fahrer wurde leicht verletzt und bekam eine Geldstrafe." Der Alte wandte sich ab. „Ein Raser ... wie alle ... wie Sie." Die letzten Worte hatte er nur mehr gehaucht. Dann atmete er tief und drehte sich wieder um. „Aber lassen wir das. Schauen Sie doch hier. Ich zeige Ihnen etwas, worauf ich besonders stolz bin."

Tom folgte ihm und ging bereitwillig auf den Themawechsel ein.

„Was ist das? Ein Autositz?", fragte er und suchte gleichzeitig nach einer guten Möglichkeit, sich zu verabschieden. Der Alte nickte.

„Ja, richtig. Ich mache Experimente mit besonders sicheren Sitzen. Kommen Sie."

Der Professor setzte sich in den niedrigen Schalensitz, griff über seine Schulter nach hinten und schnallte sich an.

„Wenn Sie jetzt ... aber warten Sie ... helfen Sie mir hoch." Er löste den Gurt wieder und Tom zog ihn aus dem Sitz. „Ich kann es Ihnen besser anders zeigen. Setzen Sie sich für einen Moment."

„Da hinein?"

„Ja, sicher. Es ist recht bequem."

Tom wollte erst nicht. Aber schließlich setze er sich doch, nicht zuletzt, weil auch Queeny ihn darum bat. Aus irgendeinem Grund hatte er ihr gegenüber ein schlechtes Gewissen.

„Schnallen Sie sich bitte auch an. Ja, so. Ich trete jetzt hier hinter Sie und lege diesen Hebel um. Sehen Sie? Natürlich sehen Sie es nicht. Aber versuchen Sie einmal, sich loszuschnallen."

Tom versuchte es erfolglos.

„Sehen Sie es jetzt? Der Schnapper des Sicherheitsgurtes ist blockiert. So etwas ist sehr nützlich."

„Wozu denn?" Tom wurde wütend. Der Gurt war eng. Er wollte aufstehen.

„Reißen Sie nicht an dem Gurt, junger Mann. Sie ziehen ihn ja immer fester."

„Aber was soll das? Lassen Sie mich aufstehen. Ich will gehen."

Statt einer Antwort wandte sich der Alte an Queeny. „Möchtest du nicht hinauffahren?"

„Nein, Grandpa. Ich möchte zusehen."

„Gut."

„Hey!" Tom ruckte und zog an dem Gurt.

„Sitzen Sie still", mahnte der Alte. Direkt neben Ihnen auf dem Boden sehen Sie einen kleinen schwarzen Knopf. Wenn Sie den betätigen, sind Sie wieder frei."

Tom streckte die Hand aus.

„Aber bitte warten Sie noch etwas damit, sonst misslingt wohlmöglich die Demonstration."

Tom zog die Hand zurück.

„Ich werde Sie zunächst informieren. Den Knopf beim Sitz anzubringen, war übrigens Queenys Idee. Sie sagt immer, wenn du jemandem etwas zeigen willst, musst du dafür sorgen, dass er selbst entscheiden kann, wie lange er bleiben will."

„Da hat sie ganz recht." Tom nickte. Mit dem Knopf neben sich fühlte er sich gleich wohler. Der Alte setzte sich auf einen wackeligen Holzstuhl ihm gegenüber und sagte: „Die ganze Gegend gehört mir. Wenn ich einmal nicht mehr bin, gehört alles Queeny."

„Bis dahin haben wir noch viel Zeit", warf das Kind ein.

„Ich hoffe es." Der Alte lächelte ihr zu.

Dann wandte er sich wieder an Tom. Und das Lächeln erstarb.

„Queeny braucht das Land nicht. Für sie ist gesorgt. Aber alles gehört dann ihr. Und niemand zahlt Miete oder Pacht. Deshalb leben die Leute gern hier. Stößt Queeny etwas zu, geht alles unwiderruflich an den Staat. Das bedeutet dann für alle Miete, Steuern, Abgaben und so weiter. Die Leute hier hüten Queeny wie ihren Augapfel. Das verstehen Sie doch?"

Der Alte beugte sich vor, als ob es ihm wirklich wichtig sei, dass Tom es verstünde. Der nickte deshalb, und der Alte fuhr fort: „Und nun sehen Sie sie an. Wir hier im Ort haben etwas gegen Raser, gegen Übermut am Steuer, gegen Verkehrsübertretung als Kavaliersdelikt."

Tom schnaufte. „Deshalb die schwarzen Kästen? Ich verstehe. Aber wir können auch oben darüber reden."

Wieder streckte er die Hand nach dem Knopf aus.

Der Alte schüttelte den Kopf. „Einen Moment noch, bitte."

Auch Quenny schüttelte den Kopf.

„Haben Sie noch etwas Geduld."

Ihre helle kleine Stimme klang irgendwie verbindlich. Deshalb gab Tom, wenn auch widerstrebend, nach. Der Professor rückte seinen Stuhl in die Nähe der Werkbank.

„Sie haben ganz recht. Deshalb die schwarzen Kästen. Aber es sind keine Fotoapparate."

Für einen Moment war Tom seltsamerweise beruhigt. Es würde also doch keine Fotos von ihm in diesem Ort geben. Doch dann warnte ihn etwas in der Stimme des Alten.

„Was dann?", presste er hervor.

„Sehen Sie, ich habe mich an der Universität Minnesota mit Atomphysik beschäftigt. Sie haben sogar einmal einen Artikel über mich und meine Arbeit gelesen. Es gab deren viele, aber in Fachzeitschriften. Man hielt meine Idee für undurchführbar: die Idee, feste Körper in ihre Atome zu zerlegen."

„Ich erinnere mich daran. In diesem Artikel wurde erklärt, dass es eine rückstandsfreie Zerlegung nach dem Gesetz zur Erhaltung von Masse und Energie nicht geben kann."

„Sie haben wirklich ein gutes Gedächtnis, junger Mann." Der Professor nickte anerkennend. „Aber darum ging es mir später auch gar nicht mehr. Ich wollte zeigen, dass es möglich ist, Körper nachweisfrei in ihre Atome zu zerlegen. Und das ist mir gelungen."

Der Alte lehnte sich zurück und beobachtete die Wirkung seiner Worte. Toms Gedanken arbeiteten. Queeny schaute ihren Großvater an.

„Er ist nicht sehr intelligent, nicht wahr? Er braucht lange."

Der Alte nickte. „Ja, einige andere waren wesentlich schneller im Begreifen."

„Sie meinen", begann Tom jetzt, noch immer zögernd, „Sie meinen, die Kästen lassen Dinge verschwinden?"

Der Professor nickte. „Auf der Grundlage von Radarfallen und Überwachungsanlagen."

„Und Sie meinen, Autos, Fahrer, alles?" Toms Stimme klang plötzlich unnatürlich hoch.

Diesmal nickte der Alte nur. Ein breites Lächeln lag auf seinem Gesicht, genau wie bei Queeny.

Tom überlegte, dachte an Fred, der nicht angekommen war. Dennoch schien ihm die Sache recht unglaubwürdig.

„Das ist ja hochinteressant. Man würde die Leute doch vermissen." Er stellte sich vor, er wäre in den Ort gefahren und hätte ahnungslos im Parkverbot gehalten. „Man wird gesehen. Fremde fallen doch."

„Oh, niemand in Queens Meadow hat sich jemals an einen Fremden erinnert, seit Queeny krank ist."

Großvater und Enkelin nickten sich zu.

„Und nun passen Sie auf!" Der Professor zog den dunklen Vorhang gegenüber der Konstruktionszeichnung beiseite. Ein schwarzer Kasten, in die Wand eingelassen, wurde sichtbar. Doch Tom reichte es jetzt. Wer konnte wissen, was der Alte vorhatte.

„Nein, Professor. Schluss jetzt! Ich will nicht mehr."

Er verwünschte sich, überhaupt so lange gewartet zu haben und drückte auf den Knopf. Das Linsenauge begann schwach zu leuchten. Dann blitzte es kurz auf.

Queeny sah ihren Großvater interessiert an und fragte: „Ob er sich wohl gedacht hat, dass man den Kasten auch von Hand bedienen kann?"

E s war heiß. Gott, war es heiß!

Mürrisch wischte sich Ralf Baumann mit dem Handrücken über die Stirn. Eine solche Hitze schon um zehn Uhr morgens! Und die Klimaanlage dieses Leihwagens gab nichts weiter von sich als heiße Luft und ein sonores Rattern!

Seine Frau Lisa dagegen schien nicht sonderlich zu leiden; kühl wie eine Gurke lehnte sie im Beifahrersitz und ließ schweigend die Landschaft Südmarokkos auf sich wirken. Freilich, nachdem sie es gewesen war, die auf dieser Extratour bestanden hatte, konnte sie nun schlecht jammern.

Er selbst hatte schon in Erfoud für seinen Bedarf genug von Marokko gehabt. Nach einer zweiwöchigen Tour – mit Busfahrt, Reiseleiter und jeder Menge kultureller Besserwisser – waren sie mit einen Leihwagen allein losgezogen, zuerst nach Ouarzazate und dann nach Er Rachidia. Von dort war es nur ein Katzensprung bis Erfoud, wo sie die eindrucksvolle Kasbah besichtigt, den aufregenden Bazar besucht und natürlich wieder hochorientalisch zu Abend gegessen hatten.

Ein Schnitzel! Oder ein paar winzige Scheibchen Schinken auf richtigem Brot!

Aber seine Frau fand Reis mit Rosinen ja „*traumhaft!*" – wie sie überhaupt alles „*traumhaft!*" fand auf dieser Reise. Zwitschernd vor Begeisterung hatte sie ihn von einer Sehenswürdigkeit zur anderen geschleppt, jeden Meter der Strecke fotografiert und den Wagen bis obenhin mit *traumhaften* Souvenirs vollgestopft.

Wie gern hätte er die letzten beiden Tage ihres Urlaubs am Hotelpool in Erfoud verbracht! Aber Lisa bestand eisern auf einer Besichtigung der berühmten Moschee in Rissani. Und als sie danach im rosenduftenden, schattenkühlen Garten eines Gasthauses Pfefferminztee tranken, heiß und übersüß, aber erstaunlicherweise trotzdem erfrischend, nahm sie wieder den verdammten Reiseführer zu Hand.

„Bevor wir nach Ouarzazate zurückfahren, möchte ich mir unbedingt noch die Überreste von Sijilmassa ansehen."

„Die Reste von was?"

„Von Si-jil-massa! Hier steht's, hör zu: *Einige hundert Meter außerhalb des Ortes Rissani zeugen Ruinen von einer früheren Besiedelung. Man nimmt an, dass es sich hierbei um die Überreste von Sijilmassa handelt, der mittelalterlichen Hauptstadt von Tafilalt, die im 14. Jahrhundert auf mysteriöse Weise verschwand.*"

Sie klappte das Buch zu und sah ihn mit blitzenden Augen an.

„Kommt nicht in Frage!", sträubte sich Ralf. „Ich denke ja nicht daran, bei diesen Temperaturen irgendwo alte Gemäuer zu besichtigen!"

„Ach, Ralf! Denk doch nur, wie romantisch das ist! Wie kann bloß eine ganze Hauptstadt verschwinden?"

„Keine Ahnung. Und es interessiert mich auch nicht die Bohne."

„Aber mich! Es sind doch nur ein paar hundert Meter." Eilig hatte sie die Landkarte aufgefaltet und auf einen dünnen, krakeligen Strich gewiesen. „Und es ist noch nicht mal ein Umweg: Über diese Nebenstraße hier könnten wir direkt zur

Autobahn zurückfahren. Mitten durch Wüstengebiet – wäre das nicht *traumhaft?*"

Nicht im Geringsten, fand Ralf und biss die Zähne zusammen. Aber natürlich hatte er schließlich doch nachgeben müssen.

Bevor sie sich auf den Weg machten, bestand er darauf, Lisas Provianttasche mit Getränken, Fladenbroten, Keksen und Käse zu füllen wie für einen längeren Wüstenmarsch. Seine Frau fand das übertrieben, aber Ralf traute weder dem Mietauto noch der von ihr ausgesuchte Straße. Und er hatte kein Verlangen danach, bei einer Panne zwischen Nichts und Nirgendwo auch noch ohne Essen und Trinken ausharren zu müssen.

Lisas romantische Ruinen entpuppten sich als zerbröckelnde Mauerreste inmitten von Sand, dürrem Gestrüpp und verkrüppelten Palmen, deren trockene Blätter trostlos in einer leichten Brise raschelten. Kaum erkennbare Pfade führten kreuz und quer durch die ehemalige Siedlung. Weit und breit war kein Mensch zu sehen.

Falls Lisa enttäuscht war, ließ sie es sich nicht anmerken.

„Was für ein Anblick!" Entzückt angelte sie nach ihrem breitkrempigen Strohhut, der auf der Rückbank lag. „Das muss ich mir genauer ansehen!"

Ralf weigerte sich mürrisch, sie zu begleiten. Das fehlte ihm gerade noch, in dieser Affenhitze wie ein verdammter Idiot zwischen ein paar Mauerstümpfen herumzustolpern! Misstrauisch musterte er den Boden rund um eine staubige Palme, bevor er sich leise ächzend in ihrem dürftigen Schatten niederließ und seiner Frau beim Erkunden zusah.

Siebzehn Jahre.

Gut siebzehn Jahren waren sie nun verheiratet, und er fand Lisa immer noch sehr attraktiv: Zimtblondes, schulterlanges Haar umrahmte ein pikantes Gesicht; der dünne Hosenanzug aus hellem Leinen unterstrich eine Figur, die ihr nicht nur in Marokko die bewundernden Blicke der Männer eintrug; und ihr federnder Gang verriet Temperament und Schwung.

Kein Wunder, dass er sich damals wie rasend in sie verliebt hatte.

Und heute?, raunte eine kleine Stimme

in ihm, liebst du sie heute auch noch so?

Ralf seufzte stumm, senkte den Blick und begann, mit einem Steinchen Muster in den Sand zu kratzen. Tatsache war, dass sie sich in den letzten Jahren ein ganzes Stück weit auseinandergelebt hatten. Daran war er nicht ganz unschuldig: Er verbrachte viel mehr Zeit in der Firma als daheim. Aber im mittleren Management waren Überstunden eben an der Tagesordnung – und irgendwer musste schließlich das Geld ranschaffen, um das große Haus abzuzahlen, das sie gekauft hatten, als sie noch auf Kinder warteten.

Nur waren die nie gekommen, und irgendwann hatte Lisa begonnen, sich mit anderen Dingen zu beschäftigen: mit Mode, Deko, Inneneinrichtung. Seit zwei Jahren strebte sie sogar eine Karriere als Designerin an – wobei die bislang nicht weiter gediehen war als bis zu rauschenden Partys mit „einflussreichen Leuten".

Diesen Urlaub hatte Ralf in der Hoffnung gebucht, dass sie sich wieder näherkommen würden. Aber es hatte nicht geklappt: Hier in Marokko ging ihm Lisa sogar noch mehr auf die Nerven als daheim, wo er zumindest in ein ruhiges Büro flüchten konnte.

Wenn sie nur nicht so ... *albern* geworden wäre! Früher – *viel* früher – war sie nicht so gewesen; aber jetzt schien sie für nichts Interesse zu haben als für ihr Aussehen, ihre affektierten Freundinnen, die neueste Mode. Und natürlich für Kultur – was so gut wie alles sein konnte, solange es nicht deutsch war und an ein Schnitzel erinnerte.

Lautes Rufen schreckte ihn aus seinen Gedanken. Er hob den Kopf, sah Lisa hinter einer brusthohen Mauer stehen und wild mit den Armen rudern. Eisiger Schreck durchzuckte ihn: Schlangen? Skorpione?

Hastig rappelte er sich auf und rannte los. Doch als er keuchend bei seiner Frau ankam, war von Schlangen nichts zu sehen. Sie war lediglich dicht an der Mauer in den Boden eingebrochen und bekam nun ihren Schuh nicht mehr heraus.

Ralfs Schreck wandelte sich in handfesten Ärger.

„Was hast du auch hier zu suchen?",
fuhr er sie an. „Wenn du schon unbedingt
in diesem gottverlassenen Trümmerhaufen
herumspazieren musst, bleib' wenigstens
auf dem Weg!"

Grimmig zerrte er an dem Schuh, konnte ihn aber auch nicht lockern. Schließlich
holte er sein Taschenmesser aus dem Auto
und kratzte damit verbissen auf dem stein-
harten Boden herum.

„Warte mal", sagte Lisa und musterte die
erdverkrustete Stelle mit schmalen Augen,
„ich glaube ... Ja, das ist ein Ziegelboden!
Hier verläuft eine Fuge; wenn du da kratzt,
geht es bestimmt leichter."

Sie hatte recht: Minuten später hielt Ralf
schwitzend einen großen Lehmziegel in der
Hand. Lisa bückte sich nach ihrem Schuh
– und spähte stirnrunzelnd in die dunkle
Öffnung im Boden. Mit einem leisen
Aufschrei steckte sie die Hand in das ent-
standene Loch.

„Jetzt guck' dir nur mal das an!", sagte
sie triumphierend und zog ein verbeultes,
messingfarbenes Gefäß heraus. Es war
schmutzig und matt und hatte die Form

einer Teekanne aus den Fünfzigern. Einer Designer-Teekanne, natürlich.

„Eine Öllampe", stellte Ralf geringschätzig fest. „Genau das gleiche Modell wie all die anderen in den Souvenirshops hier!"

„Glaubst du, sie ist alt?", fragte Lisa hingerissen.

„Quatsch! Die hat irgendein Tourist hier verloren, und dann ist sie durch ein Loch unter den Boden gerutscht. Nun schmeiß' das Ding schon weg!"

„*Wegschmeißen*?", rief seine Frau entsetzt. „Nicht ums Leben!"

„Aber du hast doch schon drei genau gleiche!"

„Das sind doch nur Mitbringsel! Diese hier ist etwas ganz Besonderes!" Sie zögerte kurz. „Weißt du was: Ich schenke sie dir! In deinem Arbeitszimmer wird sie *traumhaft* aussehen, wenn sie erst aufpoliert ist!"

Ralf stieß einen abgrundtiefen Seufzer aus.

„Vielen, vielen Dank!", sagte er. „So etwas habe ich mir schon immer gewünscht! Kommst du nun endlich?"

Ohne auf Antwort zu warten, stapfte er

los. Lisa folgte ihm. Im Auto warf sie einen zweifelnden Blick auf die überladene Rückbank und klemmte dann die Lampe vorsichtig in eine flache Mulde zwischen Armaturenbrett und Gangschaltung. Nach einem letzten grimmigen Blick auf sein Geschenk drehte Ralf den Zündschlüssel um.

Die ‚Nebenstraße‘ erwies sich als kaum befestigte, holprige Wüstenpiste. Der Wagen zog eine lange Staubfahne hinter sich her, die Motorhaube klapperte ominös, und zu allem Überfluss schubberte der Schnabel dieses blöden Dings unangenehm an Ralfs Knie. Der starrte düster geradeaus. Weder er noch seine Frau bemerkten das winzige, sandfarbene Wölkchen, das aus der Lampe aufstieg und durch das offene Fenster entschwebte.

Ralfs Stimmung sank stetig, doch Lisa fand wie üblich alles *traumhaft*, bewunderte die Wüstenlandschaft und schmiedete Pläne für Ouarzazate.

„Wir sollten diesmal in der *Résidence Warda* absteigen“, meinte sie. „Schließlich ist es unsere letzte Nacht in Marokko. Da können wir uns das schon gönnen!"

Ihr Mann biss knirschend die Zähne zusammen.

„Könnten!", korrigierte er. „Wenn du nicht von Anfang an das Geld mit vollen Händen rausgeschmissen hättest, dann *könnten* wir das. Aber so wirst du dich eben mit einem bescheideneren Hotel zufrieden geben müssen!"

Lisa warf ihm einen schrägen Blick zu.

„Mein Gott, bist du knauserig geworden! Ein richtiger Pfennigfuchser! Früher warst du nicht so – da hast du nicht dauernd nur an Geld gedacht!"

Beleidigt beugte sie sich vor, um sich aus der Provianttasche eine Flasche Limonade zu holen. Ralf umklammerte das Lenkrad fester.

„Ja, ich wünschte auch, es wäre wieder so wie früher zwischen uns", sagte er betont. „Und ich wünschte, ich besäße einen ganzen Sack voll Geld, damit ich dir deine Wünsche allesamt erfüllen kann. Aber jetzt – in diesem Augenblick – wünsche ich dich samt deinem ganzen verdammten Krempel dorthin, wo der Pfeffer wächst!"

Damit schlug er heftig mit der Faust gegen das Lenkrad und warf Lisa einen mörderischen Blick zu.

Doch dieser fand kein Ziel mehr: Der Sitz neben Ralf ... war leer.

Es dauerte mehrere Sekunden, bis diese Tatsache in sein Gehirn drang, Sekunden, in denen sein Blick ungläubig im Wagen umherirrte. Aber Lisa war tatsächlich verschwunden – und mit ihr fast alles Gepäck. Mit einem Schrei urtümlichen Entsetzens verriss Ralf das Lenkrad und schoss über den Straßenrand hinaus in die Wüste.

Auch Lisa schrie, als sie sich empört aufrichtete: Statt der weiten marokkanischen Wüste sah sie riesige, tief gerillte Baumstämme, um die sich blühende Schlingpflanzen rankten. Sie selbst saß auf ihren Koffern zwischen dunklen Farnen, gelb blühenden Kräutern und Stauden mit länglichen roten Früchten; rundum lagen Schachteln, Taschen und Tüten voller marokkanischer Souvenirs; und hoch über sich hörte sie das laute Keckern einer Horde Affen.

Ihr fassungsloser Schrei brach abrupt ab, als sie hintüber in Ohnmacht fiel. Dass sie dabei mit dem Kopf auf einen mit Laub bedeckten Stein aufschlug, spürte sie schon nicht mehr.

Mühsam brachte Ralf den Wagen zum Stehen. Das Blut dröhnte in seinen Ohren; er atmete in kurzen, hastigen Stößen.

„Lisa?", schrie er und sprang aus dem Wagen. *„Lisa!"*

Alles blieb still. Öde und menschenleer erstreckte sich die Wüste rings um ihn bis zum Horizont, wo sie zu zartvioletten Bergen anstieg. Wie irr rannte Ralf umher und suchte nach Lisa, die nicht da war und doch da sein musste. Schließlich gab er auf. Schweißnass und erschöpft sackte er neben dem Auto zu Boden, umschlang die angezogenen Beine und legte die Stirn auf die Knie. Er war vollkommen am Ende.

Erst ein tiefes Schnauben ließ ihn wieder aufblicken. Vor ihm stand ein Kamel mit einem dunkelhäutigen Mann auf dem Rücken. Beide blickten ausdruckslos auf ihn herunter. In einigem Abstand kamen weitere Kamele langsam auf ihn zu; zwei davon trugen ebenfalls Reiter.

Lisa erwachte leise stöhnend. Ihr war sterbensübel; heftig schwang sie zur Seite und erbrach würgend. Danach lehnte sie sich zittrig an einen Baumstamm. In ihren Schläfen stach und pochte es, und ihre tastende Hand fand eine große Beule am Hinterkopf. Verwirrt runzelte sie die Stirn – und hielt den Atem an, als sie sich ihrer Umgebung bewusst wurde.

Wo um alles in der Welt war sie?

„Ralf?", fragte sie bang.

Nichts. Rings um sie nur Bäume und Strauchwerk und dämmriges Halbdunkel.

Und ihr elegantes Gepäck, das auf dem Waldboden völlig deplatziert wirkte. Irgendwo in der Nähe quiekte ein Tier; Lisas Herz begann zu rasen.

„*Ralf*!", schrie sie und sprang auf.

Über ihr erhob sich wildes Flattern, Schnattern und Kreischen. Die Baumkronen selbst schienen lebendig zu werden: Blätter trudelten wirbelnd herab, Äste knackten, und dicht neben ihr zerplatzte eine unbekannte Frucht auf dem Boden. Von Panik erfasst stürzte Lisa davon, ohne auf die Zweige und Ranken zu achten, die wie Krallen nach ihr schlugen.

Doch schon nach wenigen Metern gelangte sie unvermittelt auf eine Lichtung, wo die Holzwände mehrerer kleiner Hütten wie graue Seide in der Sonne schimmerten.

Menschen!

Im Nu war Ralf auf den Beinen.

„Gott sei Dank!"

Erschreckt schnaubend warf das Kamel

den Kopf hoch und trat zwei, drei wiegende Schritte zur Seite. Kleine Glöckchen am Zaum klangen einstimmig auf. Der Reiter zügelte das Tier und stieg ab. Er trug eine lehmfarbene Djellabah, die am Saum einen Schmutzrand aufwies. Seine nackten Füße steckten in staubigen Sandalen, und auf dem Kopf saß ein verwaschener, türkisblauer Turban, dessen Ende um das Kinn geschlungen war. Kohlschwarze Augen glitzerten in einem unbewegten, zerfurchten Gesicht.

Alles in allem genau der Typ Mann, bei dessen Anblick Ralf stets das dringende Bedürfnis unterdrücken musste, unauffällig nach seiner Brieftasche zu tasten.

Jetzt jedoch hatte er das Gefühl, einen Engel zu schauen.

„Meine Frau ist verschwunden!", platzte er heraus. „Wir waren auf dem Weg nach Ouarzazate und ..."

Ganz plötzlich kam ihm zu Bewusstsein, dass er Deutsch gesprochen hatte. Er brach ab und starrte den Mann hilflos an. Wie sollte er sich bloß verständlich machen – er sprach doch nur ein paar Brocken

Französisch! Die Knie wurden ihm weich, alles begann vor seinen Augen zu verschwimmen. Er schlug die Hände vors Gesicht, sank auf den Boden zurück und begann haltlos zu schluchzen.

Abid Ibn Lakhdar betrachtete den weinenden Fremden verblüfft. Er war mit seiner Frau Milouda und seiner Tochter auf dem Markt in M'Hamid gewesen und befand sich nun auf dem Heimweg zum weit entfernten Lager seines Stammes. Die kleine Naima hatte das Auto zuerst entdeckt, und als er beim Näherkommen den reglos dasitzenden Mann gesehen hatte, war er hin geritten, um nachzuschauen, was da passiert war.

Der Mann schien Europäer zu sein und wirkte erschöpft. Was mochte ihn bewogen haben, die Straße zu verlassen? Abid musterte den Wagen und verzog unschlüssig die Lippen.

„Gib ihm Wasser", befahl er seiner Frau, die ihn inzwischen mit Naima und den Lasttieren eingeholt hatte. Gehorsam stieg Milouda ab. Doch Naima war schneller: Wieselflink glitt sie von ihrer Kamelstute und eilte mit dem Wassersack zu dem fremden Mann.

Ralf hob den Kopf. Durch einen Tränenschleier sah er ein zierliches Kind vor sich stehen, das ihm einen gluckernden Lederbeutel hinhielt. Müde schüttelte er den Kopf; aber die Kleine schien von seiner Ablehnung so enttäuscht zu sein, dass er dann doch nach dem Behälter griff.

Das Wasser schmeckte erstaunlich kühl und frisch, und auf einmal spürte Ralf quälenden Durst. Er trank und trank, bis er nicht mehr konnte und setzte dann den Beutel mit einem erleichterten Seufzen ab.

Unterdessen war das Mädchen ans Auto getreten und spähte neugierig hinein.

„Naima."

Der Vater hatte seine Stimme nicht erhoben; dennoch huschte sie sofort zu ihrer Mutter zurück.

„Nein. Nein", sagte Ralf und stand auf. Ihm brannte das Herz; aber die Kleine war freundlich und hilfsbereit gewesen, und er wollte sich gern erkenntlich zeigen. Er winkte sie wieder heran und tauchte in den Wagen. Wo waren denn die Fruchtbonbons, die Lisa in Rissani gekauft hatte – im Handschuhfach? Nein, die Bonbons waren weg, so spurlos verschwunden wie Lisa selbst. Ratlos richtete er sich auf und sah das Mädchen an. Ihre dunklen Augen glänzten; ein kleiner brauner Zeigefinger strich begehrlich über den Schnabel der Öllampe.

Das? Dieses alte Ding gefiel ihr? Das konnte sie von ihm aus gern haben! Rasch hob er die Lampe aus der Mulde und hielt sie dem Kind hin. Das Mädchen warf einen raschen Blick auf ihre Eltern, griff dann nach der Lampe und drückte sie an sich. Ihr Lächeln ließ weiße Zähne blitzen.

Abid Ibn Lakhdar nickte beifällig. Zumindest hatte dieser Fremde Manieren. Aber was war denn nun eigentlich los mit ihm? Er deutete auf die Motorhaube und sah Ralf fragend an.

„Nein … *non*", stammelte der. „*C'est mon mari* … nein, Quatsch. *Ma femme … est … dé… désespérée…*"

Der Beduine zog erstaunt die Augenbrauen hoch: Die Frau des Fremden war verzweifelt?

„Votre femme – oú est-elle?"

„Wo sie ist? Na, *désespérée!*", wiederholte Ralf zweifelnd. Hieß das denn nicht so? *„Désespérée! Disappeared* – weg!"

„Ich denke, er meint ‚*disparu*': verschwunden", sagte Milouda auf Berberisch zu ihrem Mann.

Der kniff die Augen zu Schlitzen. Das war eine ernste Sache. Europäer waren unvernünftig wie kleine Kinder und hielten sich in der Wüste nicht lange. Wortlos schwang er sich auf sein Kamel und lenkte es zur Straße zurück. Mit unsinniger Hoffnung beobachtete Ralf, wie er von dort aus in einem weiten Halbkreis die Wüste absuchte. Als er zurückkam, hatte sein Gesicht einen hölzernen Ausdruck.

„Hier stimmt was nicht", sagte er leise zu Milouda. „Es sind keine Spuren vorhanden außer seinen eigenen! Besser, wir halten uns da raus – der Mann spricht nicht die Wahrheit!"

Zu Ralf gewandt fuhr er fort: *„Votre femme n'est pas ici. Vouz devez aller au commissariat de police à Rissani!"*

Dessen Augen weiteten sich. *Police,*

natürlich! Er musste sofort zur Polizei in Rissani, dort würde man ihm sicher helfen! Impulsiv packte er Abids Hand und schüttelte sie heftig.

„Danke", sagte er rau „*merci beaucoup*!"

Der Beduine lächelte zurückhaltend und berührte mit einer schmutzigen Hand flüchtig die Stirn. Ralf sprang ins Auto und fuhr sehr langsam zurück auf die Straße, darauf bedacht, die Familie nicht in eine Staubwolke zu hüllen. Doch sowie er die Piste erreicht hatte, trat er das Gaspedal durch.

Die Lichtung bot einen friedlichen Anblick. In sattgrünem, hohem Gras leuchteten tiefviolette Gloxinien, feuerrotes Helmkraut und zartfarbige Orchideen. Die Flügel großer Schmetterlinge schillerten im Sonnenlicht, und im Geäst der Bäume zwitscherten, pfiffen und sangen unzählige Vögel. Blütenduft und der herbe Geruch des Waldbodens erfüllten die feuchtheiße Luft.

Aber schon der erste Blick auf die Holzhütten sagte Lisa, dass diese unbewohnt waren – seit langem. Die flachen, löchrigen Dächer über den morschen Bretterwänden boten längst keinen Schutz mehr vor Sonne oder gar Regen. Kraftlos brach sie zusammen und weinte so verzweifelt, als hätte sie eine bittere Enttäuschung erlebt. Sie hatte das Gefühl, den Verstand zu verlieren.

Wo war sie? Und was war geschehen?

So klar, als sei es erst Minuten her, erinnerte sie sich daran, mit Ralf vor der Moschee in Rissani gestanden zu haben. Als Nächstes war sie inmitten dieses unheimlichen Urwalds erwacht – allein. War sie gestürzt und hatte dadurch ihr Gedächtnis verloren? Vorsichtig betastete sie die aufgeschlagene Stelle an ihrem Kopf. Der schmerzte unerträglich. Sie spürte brennenden Durst, und zu allem Überfluss plagten sie auch noch Mücken, die vom Blut- und Schweißgeruch angelockt wurden.

Ein lautes Plätschern ließ endlich das gleichmäßige Gurgeln und Glucksen vom rechten Rand der Lichtung in ihr Bewusstsein dringen. Mühsam schleppte sie sich in die Richtung, aus der das Geräusch kam und erreichte bald das scharf abfallende Ufer eines breiten, im Sonnenlicht glitzernden Flusses.

Wasser!

Ein paar Schritte weiter links war die Böschung viel weniger steil; unten angelangt, stolperte Lisa über eine schmale Sandbank zum Rand des Flusses. Ein kurzes Zögern. Aber der Durst war übermächtig, und so schlug sie alle Bedenken in den Wind, sank auf die Knie und schlürfte gierig das Wasser des Stroms aus ihren hohlen Händen.

Endlich richtete sie sich wieder auf, strich sich das wirre Haar aus der Stirn und hockte sich auf die Fersen. Ratlos starrte sie vor sich hin.

Was jetzt?

Was in aller Welt sollte sie nun bloß tun?

Nichts, entschied sie, gar nichts. Sie würde hier ausharren, bis Rettung kam. Früher oder später musste jemand auftauchen; sie konnte wohl kaum allein zu diesem gottverlassenen Ort gereist sein. Allein hätte sie doch nicht einmal all ihr Gepäck tragen können!

Das Gepäck! Wie elektrisiert schoss Lisa hoch. Sie musste sofort zurück. Vielleicht wartete dort schon jemand auf sie!

Doch ihre Sachen standen noch genauso da wie zuvor und nichts deutete auf die Nähe anderer Menschen hin. Um ihre Hoffnung betrogen, begann Lisa wieder zu schluchzen, zwang sich aber bald, damit aufzuhören. Hysterie konnte ihre Lage nur verschlimmern. Sie musste *denken*!

Aus ihrer Handtasche nahm sie zwei Aspirin und würgte sie trocken hinunter. Dass noch niemand da ist, bedeutet ja nicht, dass auch keiner kommen wird, redete sie sich zu; ich muss nur ein wenig länger warten. Aber nicht im Wald. Nicht in diesem unheimlichen grünen Zwielicht – das hielt sie nicht aus. Sie beschloss, ihr Hab und Gut zur Lichtung zu bringen. Als Zeichen für ‚die anderen‘ band sie ein orangerotes Seidentuch an einen Busch.

Sie musste mehrmals gehen: Es war mühsam und schwierig, sich mit dem

Gepäck durch das Unterholz zu kämpfen. Schließlich suchte sie die Nachbildung eines marokkanischen Krummsäbels aus ihrem Koffer. Das Ding war unhandlich und stumpf, aber wenigstens konnte sie damit das dornige Gestrüpp zur Seite drängen, so dass die Ranken sie nicht mehr verletzen konnten, wenn sie zur Lichtung ging.

Die Provianttasche holte sie als letztes und entdeckte dabei große rotbraune Ameisen, die sich über die Fladenbrote hergemacht hatten. Ihr Herzschlag stolperte vor Entsetzen: *Tiere!* Die hatte sie völlig vergessen – um Gottes Willen, gab es hier etwa Raubtiere? Wild sah sie sich um. Ihre überreizten Sinne ließen sie hinter jedem Busch einen fauchenden Tiger sehen; und wer oder was stieß diese schaurigen Laute hoch über ihr in den Baumwipfeln aus?

Es kostete Lisas ganze Willenskraft, die Tasche nicht einfach fallenzulassen und davonzustürmen. Dies waren ihre einzigen Lebensmittel, und sie wusste nicht, wie lange sie würde warten müssen. Sie konnte es sich einfach nicht leisten, sie aufzugeben. So biss sie die Zähne zusammen und streifte mit einem Zweig schaudernd die Ameisen vom Brot. Dann kehrte sie zur Lichtung zurück.

Aber hier schien es ihr jetzt auch nicht mehr geheuer: Was, wenn sie im hohen Gras auf eine Schlange trat?! Und in den verrottenden Hütten lauerten todsicher giftige Spinnen!

Sie beschloss, am Strand zu lagern und trug ihre Habe hinunter zum Fluss. Irgendwann mussten hier Erdrutsche stattgefunden haben, denn bis auf die eine Schräge bestand die Böschung aus nackten Erdwänden, scharfgratig und gerade, wie mit einem Spaten gestochen.

Von den Anstrengungen ausgepumpt, sank Lisa auf den feuchten Sand. Mit letzter Kraft breitete sie den Inhalt eines ihrer Koffer dicht an der Böschung auf dem Boden aus und türmte ihre Habseligkeiten ringsum zu einem niedrigen Wall auf. Dann legte sie sich hin, zog eine grellrote Djellabah über sich und schloss die Augen. In den wenigen Minuten, bevor sie in tiefen, traumlosen Schlaf versank, dachte sie an Ralf, an Marokko und an das Unerklärliche, das ihr widerfahren war.

An Krokodile dachte sie nicht.

Auch Ralf überlegte nicht lange, sondern stürzte aufgeregt in das Polizeirevier von Rissani. Zum Glück sprach einer der drei gelangweilten Polizisten, die dort unter einem klappernden Ventilator Tee tranken, ein wenig Deutsch. Und wenn dieser auch nicht halb so viel von dem aufgeregt hervorgesprudelten Bericht verstand, wie Ralf annahm, wurde ihm doch schnell klar, dass es sich um eine delikate Angelegenheit handelte. Es war natürlich immer bedauerlich, wenn sich eine Fremde in der Wüste verlief; aber so kurz vor der Hauptsaison konnte so etwas geradezu katastrophale Folgen für den Tourismus mit sich bringen.

Er informierte sofort seinen Vorgesetzten, und eine knappe halbe Stunde später suchten alle vier mit gesenkten Köpfen das

Gebiet ab, zu dem Ralf sie geführt hatte. Als sie zum Auto zurückkehrten, wo er angespannt wartete, verlangten sie zu wissen, woher die Kamelspuren stammten. Ralf berichtete von den Beduinen, fing aber unter dem misstrauischen Blick des Kommissars bald zu stottern an. Langsam wurde ihm bewusst, wie unglaubwürdig seine Geschichte klang.

Tatsächlich begannen sich hinter der dunklen Stirn Fahim Ben Khaddours ernste Zweifel zu formen. Es war gar nicht so einfach, in der Wüste zu verschwinden, ohne die geringste Spur zu hinterlassen. Und die Begegnung mit den Nomaden ... Gewöhnlich unterhielten sich Berber nicht mit Leuten, die sie auf der Straße trafen. Es sei denn, sie hätten einen guten Grund.

Nachdenklich studierte er den nervösen Fremden. Offiziell war die Sklaverei – auch die weiße – längst abgeschafft, aber ...

Nein. Dem Reisepass zufolge, den der Mann vorgelegt hatte, war seine Frau über Vierzig.

Nein, sehr wahrscheinlich nicht.

Oder hatte der Mann seine Frau umgebracht und irgendwo verscharrt und behauptete nun, sie sei verschwunden?

Der Kommissar spuckte aus. Er schritt langsam um das Auto herum, sah in den Kofferraum, öffnete den Schlag und musterte prüfend das Innere. Dann ging er in die Knie und besah sich eingehend den Bodenbelag. Plötzlich stutzte er, griff unter den Fahrersitz und zerrte mit einiger Mühe einen mittig gefalteten Sack aus grobem Gewebe hervor.

Ralf runzelte die Stirn: Was war das denn? Verwirrt beobachtete er, wie der Kommissar den Sack öffnete – und beim Anblick des Inhalts vollkommen starr wurde. Wie an Fäden gezogen, eilten seine Untergebenen herbei, und auch sie durften einen Blick in den Sack werfen, ehe man ihn Ralf unter die Nase hielt.

Der Sack enthielt Geld. Deutsches Geld – und zwar viel.

Ralf wurde totenblass.

„Das gehört mir nicht!", stammelte er. Wirre Gedanken vernebelten ihm die Sinne, Horrorvisionen von marokkanischen Gefängnissen tauchten vor seinem inneren Auge auf, und tausend Alarm-glocken begannen in seinem Kopf zu schrillen: *Das glauben die dir nie! Die werden annehmen, du hast es gestohlen – oder mit Drogen verdient!*

„Ich meine ... es gehört einem Freund ... Er hat es mir nur geliehen!"

Sie hörten ihm nicht mal zu: In Windes-eile wurde er in den Polizeijeep verfrachtet und zum Revier zurückgebracht. Dort er-laubte man ihm erst nach längerem Hin und Her, die deutsche Botschaft in Rabat anrufen. Anschließend durchsuchten sie sein Gepäck und zählten das Geld aus dem Sack, was wegen der fremdartigen Scheine eine ganze Weile dauerte.

Dann aber stand fest: Es war fast genau eine Million Euro.

Ralf war derart erschöpft, dass er nur noch Erleichterung verspürte, als man ihm zu verstehen gab, er werde erst morgen verhört, wenn ein Dolmetscher oder jemand vom Konsulat zur Verfügung stand. Die Angelegenheit schien Fahin Ben Khaddour zu kompliziert, als dass sie mit Händen und Füßen erklärt werden könnte.

Außerdem brannte er darauf, heimzugehen und seinem hochnäsigen Schwager von der Sache zu erzählen. Von wegen Provinznest: So etwas passierte auch in Marrakech nicht jeden Tag – darauf wollte er wetten!

Ralf wurde in eine dämmrige Zelle mit einem uralten Feldbett und einem wackeligen Tisch verfrachtet. Ein Polizist stellte ihm einen Teller mit fettigem *pilaw* und eine Flasche Limonade hin und sperrte die Tür zu. Erschöpft legte Ralf sich auf das Bett, verschränkte die Hände hinter seinem Kopf und starrte zur Decke.

Nun endlich begann er, angestrengt nachzudenken.

Im ersten Licht des Morgens trat Lisa mit dem Mut der Verzweiflung gegen eine der Hütten, die sofort in sich zusammenbrach.

Sie war davon erwacht, dass etwas Feuchtes an ihrem Ohr schnoberte und hatte schreiend um sich geschlagen. Eine

Gruppe kleiner Waldschweine, die in der Morgendämmerung zur Tränke gekommen war, stob daraufhin laut quiekend davon. Es waren keine bedrohlich wirkenden Tiere gewesen, aber Lisa hatte trotzdem die nächste Stunde eng an die Böschung gepresst verbracht, unkontrolliert zitternd, ständig darauf gefasst, einen durstigen Panther auftauchen zu sehen.

Sie brauchte Feuer! Nur Feuer würde sie vor Raubtieren schützen; also zerschlug sie trotz ihrer Angst vor Spinnen die Bretterbuden auf der Lichtung und schleppte sie stückweise zum Strand. Dabei brach sie sich zwei ihrer langen, roten Fingernägel ab, die wie Blutstropfen im Gras leuchteten. Ein, zwei Sekunden lang verspürte Lisa ganz automatisch ärgerliches Bedauern; zugleich aber wurde ihr bewusst, dass sie weit ernstere Probleme hatte.

Glücklicherweise fand sich eine ganze Menge Streichholzbriefchen in ihrem Koffer. Trotzdem war es schwierig, das Holz anzuzünden. Aber sie gab nicht auf, und mit Hilfe trockener Blätter und einiger Seiten aus dem Reiseführer schaffte sie es schließlich doch.

Die aufzüngelnden Flammen gaben ihr sofort ein Gefühl von Sicherheit – und weckten unbändiges Verlangen nach einer Tasse Kaffee. Ihr Magen knurrte. Sie zog die Proviranttasche zu sich heran und überprüfte den Inhalt: mehrere Flaschen Limonade, eine Packung Kekse, zwei Fladenbrote, Käse, klebrig zerlaufende Bonbons – alles mit arabischen Bezeichnungen darauf. Waren das noch Lebensmittel aus Marokko? Aber wie ... was ...?

Langsam, immer langsam. Erst mal Bestandsaufnahme. Und was zu essen.

Die ungeöffneten Kekse hatten sich gehalten, aber die Fladenbrote schimmelten schon. Auch der Käse verströmte einen ekelerregenden Geruch. Angewidert warf Lisa beides in den Fluss. Sekundenschnell strudelten Fische, die nach den unverhofften Bissen schnappten, das Wasser schäumend auf.

Nachdenklich knabberte Lisa an einem Keks. Wieder fragte sie sich, wo sie war und wie sie hierhergekommen sein mochte – samt den Keksen. Aber ihr Gedächtnis gab nur wenige vage Erinnerungen frei: an den schweren Duft von Rosen, den Geschmack süßscharfen Pfefferminztees und Ralfs zornige Stimme, die fragte, was sie hier zu suchen habe.

Hatten sie sich gestritten? Konnte es sein, dass sie Ralf *überredet* hatte, in diese Wildnis zu reisen? Oder ... war es möglich, dass er nach einem Streit einfach auf und davon gegangen war und sie hier allein zurückgelassen hatte? Sie stritten sich so oft in letzter Zeit ...

Nein. Nein, nein, nein, das würde er bestimmt nie tun, dachte Lisa entsetzt – und spürte gleichzeitig den Stachel des Zweifels. Das Band, das Ralf und sie zusammenhielt, war dünn und brüchig geworden; schon lange gingen sie beide mehr und mehr eigene Wege ...

Sie hatte gehofft, ihre Liebe durch den Urlaub in Marokko neu aufleben lassen zu können – aber das war nicht geschehen. Ralf hatte sich dort genauso spießig und lustlos benommen wie sonst auch. Trotzdem: Sie nach einem Streit einfach ihrem Schicksal zu überlassen – an einem Ort wie diesem! – traute sie ihm nicht zu. Sicher war er nur wütend davongestürmt und würde zu ihr zurückkehren, sobald er zur Besinnung gekommen war, ganz bestimmt! Und dann würde sich die ganze Situation aufklären. Sie musste nur weiter auf ihn warten, einfach nur warten ...

Den ganzen langen, dampfend heißen Tag über hockte Lisa am Strand, unterhielt das Feuer und wartete auf Ralf. Erst als die gnadenlose Sonne untergegangen war und Mondlicht den stetig dahineilenden Wassern des Flusses kühlen Silberglanz verlieh, als der Wald ringsum sein unheimliches Nachtleben begann und das Feuer am Holz der letzten Hütte fraß – erst da gestand sie sich ein, dass ihr Mann nicht kommen würde.

Zungenfertig belog Ralf Baumann in Rissani den jungen Beamten der deutschen Botschaft. Das nächtliche Grübeln hatte nicht nur ein paar absolut verrückte

Gedanken, sondern auch den Selbsterhal-
tungstrieb in ihm geweckt. Ihm war klar
geworden, dass er sich dringend etwas
einfallen lassen musste. Mit der Wahrheit
kam er nicht weiter. Die glaubte ihm keiner
– noch nicht einmal er selbst so richtig.

Konnte es sein, dass er wahnsinnig
geworden war? Dass er von jetzt auf gleich
den Verstand verloren hatte? Aber auch in
diesem Fall sah er keinen Sinn darin, noch
länger als Gefangener in diesem stickigen
Nest zu bleiben. Er musste hier weg.
Durchatmen. Versuchen, seine Gedanken
zu ordnen, Hilfe zu kriegen – Lisa zu
finden.

Also musste eine Lüge her, so glaubhaft
wie möglich.

„Wir haben uns gestritten. Sie nannte
mich einen spießigen Egoisten und einiges
mehr in der Tonart. Bis ich so wütend war,
dass ich angehalten habe, sie aussteigen
hieß und ihren ganzen Krempel neben sie
auf den Straßenrand warf. Dann bin ich
davon, Richtung Ouarzazate. Ich wollte ihr
nur eine Lehre erteilen, verstehen Sie?
Nach ein paar Kilometern habe ich umge-

dreht und bin zurück. Aber da war sie schon fort!"

Ein Beduine habe ihm geraten, sich an die Polizei zu wenden, berichtete er weiter, doch die habe Lisa auch nicht gefunden. Gestern habe er das nicht verstehen können; inzwischen sei ihm aber wieder eingefallen, dass er auf dem Rückweg zwei Autos begegnet sei.

„Ich wette, meine Frau hat eines davon angehalten und wartet längst in Ouarzazate auf mich – wenn sie nicht sogar schon heimgeflogen ist! Sie müssen mich sofort hier rausholen!", drängte er.

„Immer langsam." Ärgerlich tupfte sich der Konsulatsbeamte über die verschwitzte Stirn. Zu denken, dass er jetzt gemütlich in seinem klimatisierten Büro sitzen könnte statt auf diesem Hinterwäldler-Polizeirevier ... „Was ist mit dem Geld, das zuerst nicht und dann doch Ihnen gehört?"

Darüber hatte Ralf besonders lange nachgedacht. Das Geld gehöre seinem Freund Bernd Mertens, Besitzer einer Werbeagentur, gab er an. Der habe vor kurzem eine große Summe geerbt (was stimmte) und diese in Auslandsimmobilien anlegen wollen (was nur dann stimmte, wenn man Bernds Schweizer Bank als ‚Auslandsimmobilie' bezeichnete). Er habe Ralf das Geld mit dem Auftrag übergeben, in Marokko nach geeigneten Objekten Ausschau zu halten und möglichst gleich zu kaufen.

„Ihr Freund hat Ihnen eine Million in bar mitgegeben?", erkundigte sich der Beamte skeptisch.

„Ja. Bernd war nicht von der Überzeugung abzubringen, dass man in Marokko mit Bargeld besser handeln kann als mit einem Scheck", behauptete Ralf verzweifelt. „Ich habe es dann in einem alten Sack unter dem Fahrersitz versteckt; das schien mir am sichersten!"

Ralf verkrampfte die Hände in den Hosentaschen zu Fäusten und hoffte inständig, dass sein Gegenüber den Schweißausbruch, der ganze Tropfen auf seiner Stirn entstehen ließ, der Hitze zuschrieb. Seine Geschichte taugte nicht viel, das war ihm klar; und falls es diesem Konsulatsmenschen einfallen sollte, sie zu überprüfen, bevor er Bernd in seine Rolle einweisen konnte, dann gute Nacht. Aber ihm war trotz allen Kopfzerbrechens nichts Besseres eingefallen – und er musste einfach hier heraus!

Zu seiner eigenen Überraschung durfte er das auch bald darauf. Nach Rücksprache mit Rabat brachte der Beamte den Kommissar dazu, Ralf auf freien Fuß zu setzen. Es liege schließlich nichts gegen ihn vor: Für eine Gewalttat habe es keinen einzigen Anhaltspunkt gegeben; und deutschen Frauen stehe es nun mal überall auf der Welt frei, ihren Männern davonzulaufen.

Die Sache mit dem Geld bezweifelte er insgeheim. Aber das war nicht sein Problem; darum sollte sich gefälligst die deutsche Polizei kümmern. Solange es sich nicht um marokkanisches Geld handelte, konnte dieser Ralf Baumann auch auf zehn Millionen sitzen, ohne gegen das Gesetz zu verstoßen. Man würde den zuständigen Stellen in Deutschland einen Wink geben, und damit Schluss. Auch der Aufgabenbereich eines Konsulats hatte seine

Grenzen, zumal an so heißen Tagen.

Ralf verließ Rissani ohne Bedauern. In Erfoud stürmte er ins Postamt, meldete eine Verbindung nach Deutschland an – und stieß die Luft aus, als sein Freund sich meldete.

„Bernd – oh, Gott sei Dank, dass du da bist! Hat sich Lisa bei dir gemeldet?"

„Ralf – hallo! Lisa? Nein, wieso?", stotterte sein Freund verblüfft. „Ich denke, ihr seid in Marokko!"

„Also, heim ist sie nicht ...", überlegte Ralf – und warf einen misstrauischen Blick auf den Mann am Schalter. Hörte der zu? Verstand er etwa ein bisschen Deutsch? Das war gar nicht so selten hier in Marokko, wie er auf der Reise erfahren hatte. „Es ist nämlich so, äh, wir haben uns gestritten, und da ... Aber das erzähle ich dir lieber persönlich. Ich fliege heute noch ab. Übrigens hat mich dein Geld in eine höchst peinliche Situation gebracht, das kann ich dir flüstern!", betonte er und lachte ein bisschen zu laut. „Falls man dich danach fragen sollte, bestätige bitte, dass du mir eine Million in bar mitgegeben hast, damit ich für dich Ferienhäuser kaufe. Klar?"

Am anderen Ende der Leitung entstand verblüfftes Schweigen.

„Sag mal, hast du einen Sonnenstich?", erkundigte sich Bernd schließlich. Aber da hatte Ralf schon aufgelegt und die Nummer des Flughafens gewählt.

Er hatte Glück: In der Maschine von Ouarzazate nach München waren noch Plätze frei. Ralf kaufte ein Ticket und verbrachte die Zeit bis zum Abflug damit, die Hotels und Pensionen der Stadt anzurufen und nach seine Frau zu fragen. Ohne ernstlich zu erwarten, Erfolg zu haben, war er dennoch enttäuscht, als der Versuch keine Spur von Lisa ergab.

Den ganzen Flug lang schlug er sich mit einem irrwitzigen Verdacht herum, der sich gestern in der Dunkelheit der Nacht in ihm geregt hatte, zermarterte sich das Hirn um andere Erklärungen – und ging beim Zwischenstopp in Rom wie gerädert von Bord. In einem Hotel, nicht weit vom Flughafen entfernt, mietete er zwei Zimmer, bestellte etwas zu essen und eine

Flasche Whisky und telefonierte dann nochmals mit Bernd.

Diesmal dauerte das Gespräch erheblich länger, und endlich willigte der Freund ein, die Frühmaschine nach Rom zu nehmen. Zutiefst dankbar stellte sich Ralf unter die Dusche, füllte dann das Zahnputzglas mit Whisky und goss es in einem einzigen Zug hinunter.

Eine halbe Stunde später fiel er sinnlos betrunken aufs Bett.

Die Nacht war sternenklar und voller unheimlicher Geräusche. Bald nach Einbruch der Dunkelheit verglomm das Feuer, und in den folgenden, angsterfüllten Stunden wurde Lisa klar, dass sie handeln musste, wenn sie überleben wollte.

Irgendwo hier musste es Menschen geben – das bewiesen die Hütten. Und Menschen siedelten stets in der Nähe von Wasser. Daher beschloss sie, flussabwärts zu gehen, um so vielleicht auf ein Dorf zu stoßen. Entschlossen durchwühlte sie ihr Gepäck und befestigte mithilfe ihres Reise-Nähzeugs zwei Badeanzüge als Tragriemen seitlich an der Picknicktasche. So entstand eine Art Rucksack, den sie mit Dingen füllte, die sich als nützlich erweisen mochten. Marokkanische Souvenirs waren nicht darunter; nur den Krummsäbel musterte sie überlegend. Der gäbe eine gute Waffe ab – ob man ihn wohl schärfen konnte?

Am Rand der Böschung fand sie mehrere Gesteinsbrocken. Einen davon befeuchtete sie am Wasser und rieb geduldig die Schneide des Säbels daran. Schultern und Nacken begannen bald protestierend zu schmerzen, der Schweiß lief Lisa als Rinnsal den Rücken hinunter und sie verlor einen weiteren Fingernagel – aber schließlich war die Klinge nicht mehr ganz so stumpf.

Zufrieden watete sie ein paar Schritte in den Fluss und wusch sich. Dann zog sie trotz der Hitze Jeans und ein langärmliges Shirt an, zum Schutz gegen Dornen und Gestrüpp. Bohrender Hunger quälte sie.

Die Kekse waren aufgegessen, aber Bonbons und einige Flaschen Limonade hatte sie noch. Eine davon trank sie nun, den Blick auf den Fluss gerichtet, in dem immer wieder Fische nach Mücken sprangen. Wenn sie doch nur einen davon erwischen könnte!

Plötzlich griff sie nach dem Krummsäbel und eilte damit zur Lichtung hinauf. Von einem stämmigen Busch hackte sie einen kräftigen, gegabelten Zweig ab. Am Strand schnitt sie die Gabelung auf einer Seite kurz und schnitzte sie mühsam zu einem spitzen Haken. Schließlich zwirbelte sie aus den Fäden einer marokkanischen Kordel eine lange Schnur, befestigte an einem Ende den Haken und am anderen ein Aststück. Dann spießte sie schaudernd einen schwarzbraunen Käfer auf, ging bis an die Knöchel ins Wasser und warf ihre Angel aus.

Der hölzerne Haken landete keine fünf Meter entfernt – und schwamm auf dem Wasser! Eben wollte Lisa ihn enttäuscht heranziehen, da schnappte auch schon ein Fisch nach dem Köder. Die Leine straffte sich. In freudigem Schreck umkrampfte Lisa den Ast und stolperte rückwärts auf den Strand, bis ihr Fang auf dem Sand zappelte.

Der graurosa Fisch glotzte sie aus gelben Augen böse an; sein aufgerissenes Maul mit dem vorspringenden Unterkiefer starrte von scharfen, weißen Zähnen.

Ein Piranha!

Entsetzt ließ Lisa die Angel fahren, packte Rucksack und Krummschwert und stürzte wie von Furien gehetzt davon.

„Und jetzt sage ich dir was: Das Ganze kommt von der verfluchten Lampe!"

Bernd Mertens starrte Ralf an.

„Ich glaube, du spinnst wirklich!"

„Ich auch", seufzte Ralf. „Ich *muss* den Verstand verloren haben! Aber kannst du mir eine logische Erklärung geben – nur eine einzige?"

Nein, das konnte Bernd nicht; außer ... Verstohlen musterte er Ralf: gehetzter

Blick, wirres Haar, fahrige Bewegungen ...

„Und du bist *sicher*, dass sich alles genau so abgespielt hat, wie du es mir erzählst?"

„Ja doch! Was denkst du denn – dass ich Witze mache? Oder dass ich Lisa ermordet habe? Und ihre blonde Leiche habe ich dann für eine Million an einen Scheich verscherbelt oder was?"

„Nein, natürlich nicht", beschwichtigte Bernd.

„Oder dass ich plötzlich wahnsinnig geworden bin und mir das alles nur einbilde? Glaub' nicht, das hätte ich nicht auch überlegt. Aber dann erkläre mir bitte mal die Sache mit dem Geld!"

Bernds Blick wurde unsicher. Das Geld war unleugbar vorhanden ...

„Tut mir leid", murmelte er.

Sofort löste sich Ralfs Empörung auf.

„Mir auch. Du bist mein bester Freund, lässt meinetwegen deine Arbeit im Stich – und zum Dank schreie ich dich auch noch an! Aber es ist einfach ... zum Verrücktwerden!"

Ralf sprang auf, fuhr sich erregt durchs

Haar und begann, nervös auf und ab zu gehen. Durch das offene Fenster wehte römischer Sommer ins Hotelzimmer: buntes Stimmengewirr, das Hupen von Autos, der Geruch von heißem Asphalt, Abgasen und frisch gebackenem Brot.

„Mal angenommen, ich hätte Recht. Nur mal angenommen!", beschwor Ralf Bernd. „Das würde alles erklären: den Sack mit Geld, Lisas plötzliches Verschwinden – und die Tatsache, dass ich mich wie verrückt nach ihr sehne", endete er ein wenig leiser und warf seinem Freund einen verlegenen Blick zu. „Das tue ich nämlich. Ich denke, du weißt sicher, dass Lisa und ich ... na ja, dass wir in den letzten Jahren nicht mehr so ganz wie die Turteltauben waren. Aber jetzt, auf einmal ... Es ist genau wie früher: Da konnte ich es auch keinen Tag ohne sie aushalten."

Das schlichte Geständnis schnitt Bernd ins Herz. Nachdenklich drehte er den Stiel seines Weinglases zwischen den Fingern. Natürlich war Ralfs Theorie idiotisch. Aber er war nie ein Lügner gewesen. Und auf dem Bett lag ein Mehlsack voller Geld ...

Was auch immer hier vor sich ging, im Moment brauchte Ralf jedenfalls dringend einen bedingungslos zu ihm stehenden Freund.

„Schön. Angenommen, es war ein Geist in der Lampe, der dir drei Wünsche erfüllt hat. Was jetzt?"

„Keine Ahnung!", stöhnte Ralf. „Ich kann nicht vor und nicht zurück. Deshalb bin ich ja in Rom ausgestiegen! Ich wage nicht, heimzufliegen – zehn zu eins ist die Polizei schon hinter mir her!"

Bernd räusperte sich. „Also, das mit dem Geld ist kein Problem. Ob ich es von meinem Schweizer Konto abgehoben habe oder nicht, erfährt kein Mensch."

„Danke. Du bist ein echter Freund."

„Ja, ja – sag mir lieber, was wir nun unternehmen sollen."

Ralf zuckte die Achseln. „Ich dachte, Detektive vielleicht ..."

„Warum nicht? Das Rote Kreuz sucht ja leider nicht nach Leuten, die von Geistern entführt worden sind", meinte Bernd. „Also los – setzen wir ein paar Detekteien auf Lisa an! Geld ist schließlich genügend da."

„Die Frage ist nur, wo die suchen könnten!", warf Ralf düster ein.

„Na, überall da, wo der Pfeffer wächst: Indien, Madagaskar ..." Bernd zögerte und setzte dann taktvoll hinzu: „Vielleicht sollten wir besser erzählen, dass Lisa unter zeitweiliger, geistiger Verwirrung leidet; die Geschichte mit der Lampe ..."

„Gute Idee", stimmte Ralf zu und schauderte beredt.

Gemeinsam klapperten sie Roms renommierteste Detekteien ab und erteilten ihren sonderbaren Auftrag. Dabei stießen sie auf reichlich Misstrauen, aber da Ralf stets eine größere Summe in bar anzahlte und märchenhafte Erfolgsprämien in Aussicht stellte, wurden sie nirgendwo abgewiesen. Als dann der Abend auf Roms Straßen niedersank, trafen sie erschöpft und fußwund wieder im Hotel ein. Und ließen sich vom Zimmerservice ein gigantisches Menü servieren.

Als Lisa ihren ersten ‚richtigen' Fisch fing, war sie so stolz auf sich wie nie zuvor. Den ganzen Tag lang war sie durch Urwald gestapft, über Wurzeln geklettert, die so dick waren wie die Schenkel eines Sumo-Ringers, an himmelhohen Bäumen vorbei, auf denen Farne und Orchideen wucherten und von deren Ästen silbrig-grüne Flechten und bräunliche Lianen herabhingen. Sie hatte dem Keckern der Äffchen gelauscht, die wie huschende Schatten durch die Baumkronen tollten, den lauten, grellen Schreien juwelenfarbiger Vögel – und mehr als einmal hatte ein Rascheln im Unterholz ihr Blut zu Eis erstarren lassen. Mit angespannter Aufmerksamkeit hatte sie ihre Umgebung im Blick behalten, jeden Griff, jeden Schritt bedacht. Und zugleich waren ihre Gedanken immerzu im Kreis gewandert: *Wo war sie? Wo war Ralf? Wie war sie hierher gelangt?*

Erschöpft, zerkratzt und verzweifelt hungrig hatte sie sich am späten Nachmittag wieder auf einer schmalen Sandbank am Fluss niedergelassen. Von denen gab es viele, und Brennholz war reichlich zu finden. Sie schaffte es auch, wieder ein Feuer zu entzünden. Aber es hatte lange gedauert, bis sie den Mut aufbrachte, eine neue Angel zu basteln und auszuwerfen. Und als dann etwas anbiss, wäre sie am liebsten davongelaufen.

Doch diesmal war es ein großer, braungesprenkelter Fisch mit durchsichtigen Flossen und kleinen, hilflosen Augen, der vor ihren Füßen herumschnellte; und zu dem Triumphgefühl, das sein Anblick in ihr auslöste, gesellte sich Stolz. *Sie* hatte ihn gefangen, sie ganz allein. Ach, wenn Ralf das nur hätte sehen können!

Ohne sich bewusst zu machen, was sie noch vor wenigen Tagen dabei empfunden hätte, schlug sie ihrem Fang den Kopf ab, schlitzte ihn auf und nahm mit bloßen Händen die glitschigen Innereien aus. Salz hatte sie nicht, und beim Braten fiel er mehrmals vom Stock in die Asche. Aber sie war hungriger als je zuvor in ihrem Leben und steckte ihn jedes Mal wieder fest. Als er endlich gar war, pickte sie das saftige, weiße Fleisch aus der Haut, und ihr war, als habe sie nie etwas Besseres gegessen.

Während die rasch hereinbrechende Dämmerung zwischen die Bäume sickerte, saß sie gesättigt und beinahe zufrieden an ihrem Feuer, kürzte eine knöchellange Djellabah zu einer Art Hemd – und dachte dabei über vieles nach.

„Warum wünscht man eigentlich jemanden ‚dorthin, wo der Pfeffer wächst‘?", fragte Bernd träge. Er lag auf dem Bett, fächelte sich mit einer Zeitschrift Kühlung zu und ignorierte Ralfs wütende Tiraden über die unfähigen Holzköpfe, die vergnügt in ganz Asien herumflogen und sich ihre Erfolglosigkeit auch noch teuer bezahlen ließen: Lisa war und blieb verschollen, bis jetzt hatte weder Holmes noch Watson die geringste Spur von ihr gefunden. „Sind doch schöne Länder – viele Leute verbringen sogar ihren Urlaub dort!"

„Weiß ich doch nicht!", brummte Ralf gereizt. „Warum interessiert dich das?"

„Ach, nur so. Ich dachte gerade, wie

wortgetreu dein Dschinn deine Wünsche erfüllt hat: Du bist ‚wie früher' in Lisa verliebt, be-sitzt den Sack Geld buchstäblich ... Wir sollten herausfinden, was genau die Redensart bedeutet!"

Ralf horchte auf. Er war in einem Stadium, wo man für jeden Strohhalm dankbar ist.

„Da ist was dran!" Schon hatte er sein Handy geöffnet, tippte hastig eine Frage bei Google ein. Mit gerunzelter Stirn durchsuchte er die Antworten. „Was Genaues steht hier nicht. Angeblich gibt es die Redensart schon seit mehreren hundert Jahren ... und als Ursprungsland des Pfeffers gilt Indien." Ein abgrundtiefer Seufzer. „Aber da suchen sie doch schon – ohne die geringste Spur!"

Ralfs Schultern sackten nach unten. Er wirkte gealtert und erschöpft; jeder erfolglose Tag grub sich tiefer in sein Gesicht ein – und mit jedem Tag steigerte sich Bernds Besorgnis. Über Freunde und Freundesfreunde hatte er heimlich Verbindungen mit Marokko und Deutschland aufgenommen. Falls man Lisa irgendwo ... finden sollte, würde er es erfahren. Aber bis jetzt blieb alles still. Und ob es nun am ständigen Beisammensein mit Ralf lag oder daran, dass sich nirgends auch nur das kleinste Fitzelchen einer logischen Erklärung dieser verrückten Geschichte zeigte: Schön langsam ertappte Bernd sich selbst dabei, Dinge im Himmel und auf Erden in Betracht zu ziehen, die seine Schulweisheit sich nicht träumen ließ …

„Wächst Pfeffer wirklich hauptsächlich in Indien? Ich hätte gedacht …" Er stockte. Setzte sich bolzengerade auf. „Das müsste Roman wissen!" Aufgeregt sah er auf die Uhr und griff nach seinem eigenen Handy, das auf dem Nachttisch lag.

„Wer ist Roman?", fragte Ralf.

„Roman Zeidler", gab Bernd hastig zurück und tippte schon auf den Nummernblock. „Den kennst du nicht. Er ist ein alter Schulfreund von mir. War immer schon ein Überflieger und heute ist er Professor an der Uni München – irgendwas mit Biologie. Der weiß alles. Oder jedenfalls mehr als Google!", behauptete er und hob das Handy ans Ohr. „Drück die Daumen, dass er daheim ist!"

Das Daumendrücken brachte prompt die gewünschte Wirkung: Dr. Roman Zeidler nahm schon nach dem zweiten Klingeln ab. Bernd hielt die Vorreden kurz und kam rasch zur Sache: „Sag mal, wo würde wohl jemand landen, den ein böser Geist dorthin schickt, wo der Pfeffer wächst?", erkundigte er sich geradeheraus. „Und warum?"

Der Professor lachte. „Kommt auf den Geist an. Ein europäischer würde dich vermutlich nach Asien schicken, ein afrikanischer eher nach Südamerika oder so." Noch ein Lachen. „Ich als Geist würde wohl Französisch-Guyana als Ziel nehmen. Da findet dich so schnell keiner."

„Dort wird auch Pfeffer angebaut?", fragte Bernd verdutzt. Auf Südamerika waren sie bisher nicht verfallen.

„Aber sicher! Nicht der Pfefferstrauch, von dem die schwarzen Beeren kommen, sondern Chilis: Pfefferschoten, kleine, höllisch scharfe ..."

„Cayennepfeffer!", riefen Bernd und Ralf wie aus einem Mund. Da Bernd das Gespräch auf ‚laut' gestellt hatte, konnte

Rolf mithören.

„Genau. Der besteht zwar aus gemahlenen Chilis, fällt aber auch unter ‚Pfeffer‘ und wird in vielen Ländern weit mehr genutzt als der teurere schwarze Pfeffer.“

Die beiden Männer in Rom sahen sich an, neue Hoffnung in den Augen.

„Verstehe. Und wieso … Warum denkst du, dass mich in Französisch-Guyana keiner findet? Gibt's da nicht sogar einen Weltraum-Bahnhof?“

„Stimmt: in Kourou. Aber fast der ganze Rest von le Guyane ist Dschungel“, sagte Roman Zeidler. „Das Land wurde während der *bagne* von Frankreich als Straflager genutzt – du weißt schon: die Salut-Inseln, Ile de Royale, Ile de Diable …“

„Die Teufelsinsel! Natürlich – ich wette, da ist sie!“, stöhnte Bernd auf und schlug sich an die Stirn. Ralf stürzte zu einem kleinen Tisch unter dem Fenster. Dort lag ein dicker Atlas. Mit fliegenden Fingern begann er darin zu blättern.

„Da ist *wer*?“, erkundigte sich der Professor verdutzt.

„Ach, nichts“, sagte Bernd hastig. „Ich

meinte nur, da *würde* die verwünschte Person wohl landen!"

Sein gelehrter Freund erwog das Problem ernsthaft.

„Nicht unbedingt. Der Pfeffer wächst in *ganz* Guayana – oft auch wild. Und *ganz* Guayana war Strafkolonie. Es gab viele Lager mitten im Dschungel, wo Menschen wie die Fliegen starben, nicht selten an die hundert an einem Tag – oder mehr. Ein grauenhafter Ort. Wahrscheinlich ist das auch der Grund, warum man jemanden, den man nicht mag, dorthin wünscht."

Bernd schluckte. „Du meinst, dort ist es gefährlich – auch heute noch?"

Er tauschte einen alarmierten Blick mit Ralf, der bei Zeidlers Beschreibung große Augen bekommen hatte.

Roman Zeidler lachte trocken. „*Gefährlich*? Mein lieber Freund, du wärst in kürzester Zeit erledigt! Wenn dich das Fieber nicht hinwegrafft, erwischt dich ein Leopard oder eine Schlange! In den Mangrovensümpfen lauern Schlangen und Kaimane, in den Flüssen wimmelt es von Piranhas, im Meer von Haien ..."

„Und Indianer? Was ist mit Indianern?",
fragte Bernd atemlos.

„Ach, die wären dein geringstes Problem
– wenn du überhaupt auf welche stoßen
würdest. Es gibt da zwar welche, aber die
haben mit Weißen nichts am Hut!"

„Woher weißt du das bloß alles?", fragte
Bernd, so erschüttert wie beeindruckt.
Und hörte vergnügtes Glucksen vom ande-
ren Ende der Leitung.

„Du wirst es nicht glauben: Ich habe erst
gestern Abend eine Doku über Guyana
gesehen! Fernsehen bildet, wenn man den
richtigen Sender wählt – das habe ich
schon immer gesagt! Tja, also wenn das
alles ist ... Ich muss in die Uni; meine
Vorlesung fängt in einer Stunde an."

Er wünschte Geist und Opfer viel Glück
und legte auf. Bernd sah Ralf an. Der hockte zusammengesunken auf dem einzigen
Stuhl des Hotelzimmers, leichenblass,
blanke Verzweiflung in den Augen.

Bernd schluckte. „Hab' ich's nicht
gesagt: Roman weiß alles", sagte er betont
munter. Ralf schien ihn gar nicht zu hören.

„Sie ist tot", flüsterte er rau. „Ich habe

meine Frau doch umgebracht – mit meinem verfluchten Mundwerk!"

„Ach was", sagte Bernd resolut. „Man hat schon Pferde kotzen sehen!" Er stand auf, packte Ralf an den Schultern und rüttelte ihn heftig. „Du kannst jetzt nicht einfach aufgeben! Flieg' nach Guyana und such' sie! Ich wette, sie ist dort!"

Sein Freund warf ihm einen verzagten Blick zu. „Kommst du mit?"

Vor Bernds innerem Auge tauchte sein verwaistes Büro auf, seine kleine Agentur, wo drei lukrative Aufträge warteten, für die er sich die Hacken abgelaufen war – und seine neue Mitarbeiterin arbeitete erst seit ein paar Wochen bei ihm …

Aber das zählte im Augenblick nicht. Ralf war sein Freund – und echte Freundschaft ist nichts für halbtags. Musste er eben schauen, wie er die Neue mit Handy und Internet fernsteuern konnte!

„Klar komme ich mit", sagte er also. „Was dachtest du denn? Lass uns mal sehen, ob wir einen Flug ab Rom kriegen!"

In dieser Nacht konnten beide lange nicht einschlafen.

Lisa dagegen schlief tief. Inzwischen hatte sie sich an das nächtliche Konzert des Waldes gewöhnt, und nach einer Woche anstrengenden Fußmarschs durch unwegsamen Dschungel in dampfender, modrig riechender Luft und heftigen, plötzlichen Regen-güssen war sie abends ohnehin viel zu fertig, um sich noch lange zu ängstigen.

Dazu hatte sie untertags Gelegenheit genug. Erst gestern hatte zu ihrem namenlosen Entsetzen eine unendlich lange, unendlich dicke Anakonda geruhsam ihren Weg gekreuzt. Das Tier hatte sie nicht beachtet, aber Lisa war das Herz mit einem Satz in den Hals gesprungen, und sie hatte kaum zu atmen gewagt, bis die Schlange endlich zwischen Laub und Wasserpflanzen in einen flachen, dunklen Rinnsal verschwand, das Lisa gar nicht bemerkt hatte.

Auch einen gefleckten Leoparden hatte sie am Ufer trinken sehen und danach stundenlang den Blick grünglühender Augen im Rücken gefühlt.

Aber es waren die kleinsten Tiere des Waldes, die sie am meisten quälten:

Ameisen und Sandflöhe setzten ihr ebenso zu wie Stechmücken und Gnitzen. Ihr Körper war mit juckenden Quaddeln übersät, von denen sich manche entzündeten und höllisch schmerzten. Die Hitze verursachte ihr Kopfschmerzen und nach dem verkrampften Schlafen auf feuchtem Sand oder muffiger Erde schmerzten sie schon morgens die überanstrengten Muskeln. Auch die ständige Anspannung und der Kampf mit der Hoffnungslosigkeit zehrten an ihren Kräften.

Immer noch wusste sie nicht, wo sie war und wie sie hierher geraten sein könnte. Ihr Gedächtnis schien zwar zum Teil wiederzukehren: Sie konnte sich nun lückenlos an ihren Urlaub in Marokko bis hin zu der Fahrt durch die Wüste erinnern. Doch von diesem Punkt an herrschte immer noch Leere – nichts, gar nichts tauchte da auf. Nur Fragen über Fragen, deren ständiges Kreisen ihr Hirn in taumelige Trance versetzte.

Noch schlimmer empfand sie die Abwesenheit ihres Mannes, nach dem sie sich verzweifelt sehnte. Manchmal plagte sie die

Furcht, er könnte sich von ihr getrennt haben, weil sie zu kapriziös geworden war, zu bestimmend, zu wenig anschmiegsam – zu egoistisch. Und manchmal überfiel sie die Befürchtung, Ralf könnte tot sein, mit solcher Macht, dass sie blind vor Tränen dahinstolperte.

Dennoch gab sie nicht auf.

Früchte zu essen, wagte sie nicht: Keine davon sah den Exoten im Supermarkt auch nur ähnlich. So angelte sie morgens Fische, die der Fluss in reicher Fülle bot, briet sie – meist in Blätter gehüllt auf heißen Steinen; das klappte besser als sie aufzuspießen – und unterdrückte mit aller Macht den Gedanken daran, was geschehen würde, wenn das letzte Streichholz verbraucht war.

Sobald sie gegessen und die Limonadenflaschen mit Flusswasser gefüllt hatte, schulterte sie den Rucksack und trottete weiter: mit straff zurückgebundenem Haar, die Jeans schmutzig, das T-Shirt voller Löcher, den Krummsäbel fest in der Hand, an der längst auch der letzte künstliche Fingernagel abgegangen war.

Nicht dass ihr irgendetwas davon noch den flüchtigsten Gedanken wert war; ihren Kopf füllten ganz andere Überlegungen.

Sie lernte viel über sich auf ihrem mühevollen Weg.

Schon am nächsten Tag flogen die beiden Freunde nach Saint-Laurent-du-Maroni. Das Geistergeld – wie Bernd es nannte – war bereits sehr zusammengeschmolzen, und Ralf meinte grollend, dass man ihn in römischen Detektivkreisen sicher noch lange als goldenes Rindvieh in bester Erinnerung behalten würde. Aber noch hatten sie Geld.

Inzwischen hatten sie erfahren, dass Ralfs Frau auf den Salut-Inseln kaum unbemerkt geblieben wäre; dort knospte nämlich die junge Tourismus-Industrie des Landes am eifrigsten. Auch an der relativ dicht besiedelten Küste war sie aller Wahrscheinlichkeit nach nicht.

Blieb der Dschungel ...

Bernd hatte seine liebe Not mit Ralf, der zwischen fiebriger Hoffnung und eisiger Verzweiflung zerrieben wurde.

„90.000 Quadratkilometer grüne Hölle – wie sollen wir Lisa da jemals finden?"

Einen Moment lang presste Bernd entnervt die Lippen aufeinander. Er hatte inzwischen viel recherchiert und fühlte sich nicht mehr ganz so ahnungslos wie noch von wenigen Tagen. Allerdings hatten die Recherchen wenig Ermutigendes ergeben. Dennoch bemühte sich Bernd, optimistisch zu bleiben.

„Na, ganz unbewohnt ist diese Hölle ja nicht", meinte er nun. „Es gibt dort haufenweise Goldwäscher und Indianerdörfer und Fischer oder so. Und das ganze Land ist mit Straßen durchzogen, sogar der Urwald. Detektive werden wir diesmal wohl nicht einsetzen können: Schließlich müssen wir Lisa ja aus einem Land – einem ganzen Kontinent! - herausschmuggeln, in den sie offiziell nie eingereist ist. Wir sehen uns am besten sofort nach einem guten Passfälscher um."

„Passfälscher? Erst müssen wir sie doch

wohl finden! Und Straßen ... vielleicht alle tausend Kilometer eine! Falls Lisa im Dschungel ist ..."

„Finden wir sie auch", sagte Bernd fest. „Meine Schwester war letztes Jahr in Brasilien und hat erzählt, dass ganz Südamerika ein einziges großes Dorf ist: Wenn du morgens in Venezuela besoffen aus dem Bett fällst, weiß man das abends sogar auf den Falklands. Das Auftauchen einer verwirrten Weißen dürfte also mit Sicherheit für jede Menge Klatsch und Tratsch sorgen", sagte er mit Überzeugung. „Ich bin dafür, dass wir zuerst einmal sämtliche Kaschemmen abklappern, die wir finden können", plädierte er. „In Saint Laurent fangen wir an und saufen uns eisern durch die umliegenden Dörfer. Falls wir da nichts hören, fliegen wir nach Saint Élie und so weiter – bis wir entweder Lisa oder aber einen Leberschaden haben!"

Der Plan überzeugte Ralf nicht; trotzdem stimmte er zögernd zu. Und schon begann Bernd, laut zu überlegen, wie man Eingeborene am schnellsten zum Reden brachte.

Nach der Landung in Saint Laurent

machten sie sich auf den Weg zum Hotel. Plötzlich blieb Bernd stehen und packte Ralf hart am Arm. „Schau!"

Sein Freund blickte sich verwirrt um: Eine staubige, halbwegs gepflasterte Straße in grellem Sonnenschein, gesäumt von ärmlichen Hütten, die sich zwischen die verblassende Grandezza früherer Herrschaftshäuser schmiegten. Drei schwatzende alte Männer auf einer Bank, geschäftig dahineilende Menschen aller Nationalitäten – und ein paar halbwüchsige Jungen in ausgefransten T-Shirts und Jeans, die auf klapprigen BMX-Rädern waghalsig herum-kurvten.

Alltag in Guayana – nichts weiter.

„Was ist denn?"

Aufgeregt zerrte Bernd ihn in einen winzigen, dämmrigen Laden.

„Die wissen alles!", raunte er begeistert. „Erinnerst du dich nicht mehr, wie das war? Zehnjährige Jungen wissen immer, was vorgeht – und was sie nicht wissen, kriegen sie raus! *Wir* mögen vielleicht nicht an Eingeborene hier herankommen, *die* aber schon!"

Kurzerhand kaufte er den gesamten Kaugummivorrat des Geschäftes auf, trat zurück auf die Straße und warf eines der bunten Päckchen einem vorüberflitzenden Buben zu. Dessen Fahrrad schlingerte gefährlich, aber er fing den Kaugummi, brachte das Rad zum Stehen und drehte sich verblüfft nach Bernd um.

Der winkte ihn heran. Gleichzeitig näherten sich andere, die den erstaunlichen Vorfall beobachtet hatten. Minutenschnell waren die beiden Männer von einem dichten Ring aus Kindern und Fahrrädern umgeben. Bernd verteilte eifrig Kaugummis.

„Wir suchen Geschichten", sagte er dabei auf Französisch. „Keine Märchen – *wahre* Geschichten aus dem Urwald. Geschichten, wie sie die Leute erzählen, die dort jagen, fischen oder nach Gold suchen. Morgen Mittag kommen wir wieder hierher; und jeder, der mir dann eine wahre Geschichte erzählen kann, bekommt fünf Francs!" Geistesgegenwärtig zückte Ralf seine Brieftasche und hielt einen Schein hoch. „Und für die interessanteste Geschichte gibt es *zehn* Francs! Okay?"

„Okay!", tönte es vielstimmig zurück, und wie die Eichelhäher schreiend stoben die Jungen davon. Triumphierend drehte sich Bernd zu Ralf um.

„Und das machen wir jetzt in jedem größeren Dorf! Los, komm – wir brauchen ein Auto!"

Eines Vormittags sah Lisa, wie sich auf der anderen Seite des Flusses ein weiterer Strom in den 'ihren' ergoss und das Wasser auf eine lange Strecke schlammig braun färbte. Die Angst umkrampfte mit kalten Fingern ihr Herz: Was, wenn auch auf dieser Seite ein solches Hindernis auftauchte? Schon die seichten Rinnsale, die immer wieder ihren Weg kreuzten, ließen sie zittern. Einen Fluss zu überqueren, dessen Grund sie nicht sehen konnte, würde sie nie wagen; nur zu gut erinnerte sie sich an ihre erste Beute.

Lieber sterben, dachte sie – und war sich bewusst, wie nahe ihr dieses Schicksal schon war. Gestern Abend hatte sie die letzten Seiten des Reiseführers verbraucht. Ohne Papier konnte sie mit dem feuchten Holz kein Feuer zustande bringen, obwohl sie immer noch ein paar Streichhölzer besaß. Wenn sie nicht bald auf Menschen traf, war sie verloren.

„Hab' ich's dir nicht gesagt?", triumphierte Bernd. „Die wissen alles! Aber jetzt beruhige dich erst mal. Ich bin bestimmt der Letzte, der dir auf die Hoffnung treten will, aber Geschichten über weiße Frauen gibt es in jeden Land."

Drei Tage lang hatten sie die Ortschaften entlang der Maroni besucht und überall Jungen auf Fahrrädern angetroffen, die sich begeistert auf die Suche nach Geschichten begaben. Zum vereinbarten Zeitpunkt kamen Ralf und Bernd zurück und hielten stets reiche Ernte. In Terre Rouge hörten sie von einer Weißen, die angeblich unterhalb des Goldgräbercamps *Cariacou* gesehen worden war. Bernd war skeptisch.

Doch als ihnen die gleiche Geschichte in Saint Maurice erzählt und zudem behauptet wurde, am Fluss lägen noch Kleider herum, hatte Ralf das Kind vor Aufregung glatt an den Schultern gepackt, um den Namen der Frau aus ihm herauszuschütteln. Bernd war ihm hastig in den Arm gefallen und hatte reichlich Schmerzens-Kaugummis verteilt. Aber auch er fand, dass die Story es wert sei, nachgeprüft zu werden.

Über die *Route de Paul Isnard*, die mitten durch den Dschungel verlief, fuhren sie in einem Jeep nach *Cariacou*. Dort wusste man nichts von einer weißen Frau.

„Aber das muss nichts bedeuten", meinte einer der Glücksritter des Camps und spuckte einen Strahl braunen Tabakssaft zielsicher in einen Wassereimer. „Am Fluss entlang gibt es reichlich verlassene Schürfstellen. Vielleicht stimmt die Geschichte wirklich – wer weiß das schon in einem Land wie diesem?"

Auf Besucher war das Camp nicht eingerichtet, daher verbrachten die Freunde eine sehr unbequeme Nacht im Jeep. Früh am nächsten Morgen mieteten sie das lange, hölzerne Boot eines jungen Eingeborenen, der die *orpailleurs* mit Lebensmitteln versorgte, und ließen sich von ihm flussabwärts fahren.

Der alte Außenbordmotor stotterte und spuckte und setzte öfters aus; trotzdem kamen sie gut voran. Gegen Mittag stieß Ralf, der wie eine Galionsfigur am äußersten Rand des Bootes klebte und den Blick zwischen beiden Ufern hin und her eilen ließ, einen Schrei aus. Bernd hielt den Atem an, als er in die Richtung von Ralfs aufgeregt deutendem Zeigefinger sah: Auf der schmalen Sandbank vor einer Waldlichtung blinkten drei marokkanische Öllampen in der Sonne ...

An diesem Morgen stieß Lisa auf sumpfigen Morast und musste tief in den Wald eindringen, um den tückischen Schlamm zu umgehen. Riesige, erdfarbene Kröten und kleine, schwarzweiße Frösche quakten um die Wette, über den Wassertümpeln zwischen den Pfahlwurzeln der Bäume schwebten schillernde Libellen, und eine Vielzahl blühender Pflanzen erfüllte die Luft mit schwerem, süßen Parfum.

Doch Lisa hielt den Blick fest auf den Boden gerichtet und stapfte abgekämpft und schwitzend vorwärts. Die drückende Schwüle klebte ihr die Kleider an den Leib, Laub und Erde drangen in ihre aufgerissenen Schuhe, Kopf und Magen schmerzten. Sie hatte seit gestern nichts gegessen.

Erst am Nachmittag sah sie den Fluss wieder in der Sonne glitzern und begrüßte ihn wie einen alten Freund. Doch ihre Hoffnung auf einen Platz für die Nacht schwand, als sie endlich ans Ufer gelangte: Die Böschung fiel steil ab, Strand gab es nur auf der anderen Seite – und dort sonnten sich mehrere große Kaimane.

Noch bevor sich Lisa von ihrem Schreck erholt hatte, hoben die Tiere ihre flachen Köpfe, blickten flussaufwärts und glitten dann bäuchlings ins Wasser. Sekunden später hörte auch Lisa einen gleichmäßig summenden Ton; und im selben Moment, in dem sie ihn als Motorengeräusch erkannte, kam ein langes, rot-weiß lackiertes Holzboot in Sicht.

Vor Aufregung wurde ihr Mund trocken. Stocksteif stand sie da und starrte dem hölzernen Boot entgegen: Indianer? Möglich: Der Mann, der am Außenbordmotor stand, war dunkelhäutig.

Und davor ... davor ...

Mit einem Ruck kam Leben in sie.

„Ralf", schrie sie, „oh, mein Gott, *Ralf!"*

Wie wahnsinnig begann sie auf der Stelle zu springen und mit beiden Armen zu winken, wieder und wieder schrie sie gellend den Namen ihres Mannes. Der blickte schon beim ersten Schrei wild um sich, und als er Lisa zwischen den überhängenden Ästen der Bäume entdeckte, riss es ihn hoch, so dass das Boot gefährlich schwankte. Der Mann in der Mitte drehte scharf den Kopf zur Seite. Lisa erkannte ihn sofort: Das war Bernd! Bernd Mertens aus München, aus Deutschland, *von daheim!* Unvermittelt brach sie in heftiges Schluchzen aus.

Dann ging alles sehr schnell: Noch war

das Boot gut zehn Meter vom Ufer entfernt war, als Ralf voller Ungeduld ins Wasser sprang. Lisas Herz setzte aus. *Piranhas*, dachte sie – und dann: *die Kaimane*! Ohne jede Überlegung sprang sie von der hohen Böschung direkt in den Fluss hinein, strebte Ralf entgegen, der sich ahnungslos strahlend durch das knietiefe, aufschäumende Wasser kämpfte.

„*Lisa*! *Oh, Lisa*!"

„*Nein*! *Nicht*!" Seine Umarmung wild abwehrend, packte Lisa ihren Mann am Arm und zerrte ihn mit sich, dem rettenden Ufer zu. Hinter ihnen krachte ein Schuss; aber die beiden hielten nicht an, bis sie – durchweicht, keuchend und verdreckt – endlich den oberen Rand der Böschung erreichten und eng umschlungen zu Boden fielen.

Irgendwo in den Weiten der Wüste rieb ein kleines Berbermädchen eine verbeulte, alte Messinglampe mit Wolle und feinem Sand blank und füllte sie dann bis zum Rand mit Öl. Dass dabei ein Staubwölkchen aus dem Schnabel stieg, störte sie nicht – Sand und Staub gehörten zu ihrem Leben ebenso wie die weichsohligen Kamele, die neben dem Rund aus luftigen Zelten angepflockt waren, wie die ewige Sonne und der Duft vom *pilaw*, den ihre Mutter am offenen Feuer kochte.

Voll freudiger Dankbarkeit erinnerte sie sich an den Mann mit dem sandfarbenen Haar, der ihr die Lampe geschenkt hatte. Ob er seine Frau wohl wiedergefunden hatte? Hoffentlich, dachte Naima. Er muss sie sehr lieb haben; so leicht weinen Männer nicht um eine Frau. Ich wünsche mir, dass er sie gefunden hat – und dass er sie nie wieder verliert!

Milouda kostete den *pilaw* und fand, dass er gut war. Sie trug den Topf ins Zelt, vorbei an ihrem Mann, der am Eingang auf einem Teppich saß, Zaumzeug flickte und von Zeit zu Zeit einen verwunderten Blick auf eine einzelne, rundliche Wolke am Himmel warf. Drinnen rief sie ihre Tochter zum Essen.

Doch Naima hatte keinen Hunger. Nachsichtig sah die Mutter zu, wie ihre kleine

Tochter einen Docht in die Lampe legte, ihn entzündete und sich am Schein der flackernden, rußenden Flamme freute.

Hoch über ihr schnippte ein Dschinn lächelnd mit den Wolkenfingern.

„Ein Bonus", flüsterte er so leise wie der Wüstenwind. Er war glücklich: Nun, da er kein Heim mehr hatte, war er frei.

Frei!

Wohlig räkelte, dehnte und streckte er sich, bis sein rauchgrauer Leib formlos, weich und leicht geworden war und sich ganz in einen kühlen Hauch auflöste, der im Vorüberwehen zärtlich Naimas Wangen streichelte.

DER LETZTE WOLF

Frank Murdock lehnte sich an den Stamm einer verkrüppelten Fichte und schob seine vom Nebel feuchte Biberfellmütze in den Nacken. Wie fast jeden Tag streifte er auch heute trotz der lähmend kalten Witterung schon stundenlang durch den spärlichen Nadelwald am Rande der kanadischen Tundra und kontrollierte seine Fallen. Immer noch stellte er zusätzlich ein paar Wolfsfallen auf, obwohl er schon lange keine Spur der grauen Räuber mehr gesehen hatte.

Die anderen Trapper hänselten ihn deswegen, doch Murdock hielt starrsinnig an seiner Ansicht fest, die Wölfe würden ihr Revier nicht einfach verlassen.

Mit einem leisen Seufzer schulterte er sein Gewehr neu und schlich weiter. Dichte Nebelschwaden zogen gespenstisch am Boden hin, umfingen Bäume und Sträucher. Es wurde jetzt schon früh dunkel. Angestrengt horchte Murdock auf jedes

Geräusch. Plötzlich stockte er. Da vorn ... nur ein Schatten? Nein. Das war wirklich ein ... tatsächlich!

Der Wolf stand reglos da, sah zu ihm herüber, gerade als warte er. Murdock unterdrückte die aufwallende Freude. Er brauchte jetzt eine ruhige Hand.

Behutsam hob er das Gewehr und zielte sorgfältig. Der Nebel ließ die schemenhaften Konturen beinahe fließen. Voll konzentriert drückte er ab – und traf. Das Tier fiel um wie ein Klotz, dichte Schwaden hüllten es ein.

Hastig ersetzte er die abgeschossene Patrone und lief los. „Für das Fell bekomme ich einen guten Preis", dachte er, „und endlich kann ich den anderen beweisen, dass ich recht habe."

Er erreichte die Stelle, doch ... das Tier war weg. Erstaunt drehte er sich im Kreis. Hatte er es verfehlt? Unmöglich. Er hatte

genau gesehen, wie es zusammensackte.
So ein Wolf fiel doch nicht vor Schreck um.
Aber so sehr er auch suchte, er fand weder
den Kadaver noch Blutspuren.

Spät abends pochte jemand an die Tür
der Blockhütte. Murdock öffnete. Eine
Gestalt stand groß und grau, fast drohend
im Dunkeln. Der Mann, gut einen halben
Kopf größer als Murdock, in einen boden-
langen Pelz gehüllt, bat mit hohler, dum-
pfer Stimme um ein Nachtquartier. Schon
wollte Murdock ihn aus einem unbestim-
mten Gefühl heraus weiterschicken, doch
dann siegten Gastfreundschaft und vor
allem Neugier. Von wem, wenn nicht von
Gästen, sollte man in der Wildnis Neuig-
keiten erfahren? Und als Trapper traf er
öfters sonderbare Gestalten, die dennoch
patente Kerle waren.

Mrs. Murdock brachte die Reste des
Abendbrotes auf den Tisch, doch der

Fremde lehnte ab, bat nur, sich an den Kamin setzen zu dürfen.

Murdock betrachtete ihn nun genauer. Trotz des lodernden Feuers legte der Fremde seinen Mantel, einen herrlich dichten Wolfspelz, nicht ab. Der Mantel verdeckte seine Gestalt vollständig, nur Kopf und Hände lugten hervor. Lange knochige Finger krallten sich in die Ränder, hielten ihn dicht zusammen. Graue, filzige Haare hingen ihm bis in den Nacken, seine kleinen gelben Augen wanderten unstet in der Stube umher.

Mrs. Murdock fühlte sich sichtlich nicht wohl in Gegenwart des Fremden, doch Frank wurde langsam zutraulich und erzählte, da der Fremde kaum ein Wort sprach, unter anderem auch sein heutiges Jagderlebnis. Schließlich ging Mrs. Murdock zu Bett.

Der Fremde schien nur darauf gewartet zu haben. Kaum war sie hinaus, fragte er: „Kennen Sie die Legende des letzten Wolfes?"

„Des letzten Wolfes? Nein."

„Es heißt, der letzte Wolf eines Reviers ist unsterblich."

„Lächerlich!"

„Hören Sie erst zu. Man sagt, wer den letzten Wolf schießt, muss an seine Stelle treten. Darum kann er nicht sterben."

„Das ist doch verrückt!"

„Ganz und gar nicht. Ich habe es selbst erlebt."

Murdock beugte sich, nun doch neugierig geworden, vor.

„Erzählen Sie. Das klingt nach einer spannenden Geschichte."

„Gut." Der Fremde sah ihn jetzt zum ersten Mal direkt an. „Es ist eine Weile her, etwas mehr als ein halbes Jahr. Ich selbst traf drüben im Elchtal auf einen Wolf, obwohl es schon damals eigentlich keine mehr gab. Ich schoss ihn, doch als ich ihn dann holen wollte, war er fort. Keine Spuren – nichts. Am Abend kam dann ein

Fremder zu mir und erzählte von der Legende. Da erkannte ich, dass ich nicht fehlgeschossen, sondern den letzten Wolf erlegt hatte."

„Und? Sind Sie jetzt etwa ein Wolf? Das ist doch Unsinn." Murdock grinste. „Oder holt er Sie vielleicht noch?"

„Natürlich glauben Sie mir nicht."

„Richtig. Ich habe fehlgeschossen und Sie damals auch. Aber nun ärgere ich mich doppelt. Ich hätte Ihnen bewiesen, dass es ein ganz normaler Wolf war.

Der Fremde nickte, erwiderte jedoch nichts, sondern richtete seinen Blick auf die Wanduhr. Automatisch tat Murdock dasselbe. Es war kurz vor Mitternacht.

Eine kurze Weile schwiegen beide. Dann fuhr der Fremde fort: „Trotzdem, merken Sie sich: Ein solcher Wolf muss, um Ruhe zu finden, seinen Jäger suchen – nicht umgekehrt."

Murdock lachte schallend. „Sie sind ja verrückt!", prustete er dann. „Hat man jemals so eine Spinnerei gehört?"

„Nun denn", brummte der Fremde und sah wieder auf die Uhr. Eben schoben sich die beiden Zeiger übereinander auf die Zwölf. Mitternacht.

Mrs. Murdock schreckte aus dem Schlaf hoch. Ein langgezogenes, klägliches Heulen durchschnitt die Nacht. Vorsichtig griff sie zur Seite, doch Frank war noch nicht im Bett. Verwundert stand sie auf, warf eine Jacke über und ging hinüber in die Wohnstube. Doch gleich hinter der Tür schrie sie erschrocken auf und blieb wie angewurzelt stehen.

Auf dem Boden vor dem Kamin lag der Fremde – ohne seinen Mantel – aus einer großen Schusswunde blutend. Die gelben Augen starrten gebrochen ins Leere.

Und wo war Frank? Hastig sah sie sich um, rief nach ihm, hörte wieder einen Wolf heulen ...

„Frank! Wo bist du? Was ist hier passiert?"

Keine Antwort, aber die Hüttentür knarrte leise. Mrs. Murdock ging hinaus.

Es war kalt; nur das matte Licht des Mondes erhellte die Umgebung. Wieder heulte der Wolf, diesmal ganz nah. Wie aus dem Nichts tauchte direkt vor ihr ein Schatten auf.

„*Frank*?"

Als sie zurücktrat, brach sich der Schein des Kaminfeuers in zwei glühenden Augen. Entsetzt warf sie die Tür zu, riss das Gewehr vom Haken und spähte angstvoll durchs Fenster.

Das Herz schlug ihr bis zum Hals.

Es war zu dunkel, um wirklich etwas zu erkennen, doch sie hörte ihn deutlich: Der Wolf lief vor der Hütte hin und her, hechelte und jaulte jetzt unentwegt. Entschlossen öffnete sie das Fenster einen Spalt breit und schoss aufs Geratewohl in die Nacht. Erneutes Heulen war die Antwort. Es klang beinahe traurig, wurde dann leiser und leiser. Das Tier zog sich zurück. Noch einmal schoss sie, diesmal in die Luft. Dann war es still.